MARIA MADURO

EL CAMINO DE SANTIAGO

MIN CAMINO

FÖR FRED PÅ JORDEN

Hjärtligt tack till Hampus B.
Tack till Marika Ö.S
Tack till alla som jag träffade längs vägen.
Tack till mina barn för att finnas i mitt liv.

COPYRIGHT: Maria Maduro 2023
Förlag: BoD – Books on Demand, Stockholm, Sverige
Tryck: BoD – Books on Demand, Norderstedt, Tyskland

ISBN: 978-91-8057-293-4

Innehållsförteckning

SYFTET MED MIN VANDRING 7

BESKRIVNING AV EGNA UPPLEVELSER 9

TIDEN ATT GE SIG AV: 16

ESTELLA 28

SANSOL 29

LOGRONA 32

VIANA 33

NAJERA 36

AZORFA 38

FÖRBI BELORADO 46

BURGOS 55

CASTROJERIZ 73

EREMITA DE SAN NICOLAS 75

FRÅN LOS TEMPLARIOS TILL BURGO RANERO 79

SHAGAN 84

LEON 85

PORTOMARINA 114

SANTIAGO 124

MOT FINISTERE 127

LIRES MOT MUXIA 147

ÅKER HEM 157

MEDITATION FÖR ALLA 160

INKVISITIONSTIDEN 166

KORT UPPFATTING OM SPANIENS HISTORIA 173

JALAL-AD-DIN MUHAMMAD RUM 183

KARTOR, FOTOGRAFIER OCH TAVLOR 190

5

FÖRORD

Vandringsleden gick på olika etapper, varje etapp hade olika längd.
varje liten sten, ett litet papper var enorm heligt Så man var väldigt
mån om varenda gåva man fick längs vägen. Allting hängde ihop,
den ena kompletterar den andra. Det var så magiskt och allt föll på
plats.

Människor som gick till Santiago påverkade den grandiosa energin
diagonalt och dess helande kraft berörde varenda person som
befanns sig där.

Man kunde definitiv inte undkomma en förändring i sitt liv efter att
man ha vandrat till Santiago, av olika skäl hade jag varit nyfiken på
Spaniens historia, alla fakta som är med i boken kommer delvis från
Internet, och en del från National Encyklopedin. Det har varit
ganska mödosamt arbete att gå så långt tillbaka i historien och
sammanfatta någon historisk uppfattning bland så många händelser
som hade drabbat Spanien i olika epoker för många olika folkslag
hade invaderat landet och lämnat ett spår efter sig.

Slutligen; vill jag rekommendera den guideboken som jag hade
använt under min vandring: "Vandra till Santiago de Compostela"
av Ewa Hellström-Boström. Jag hoppas att läsaren kan ta del av den
gudomliga kraften som jag erbjuda här.

- Jag skulle nå inre frid och hitta glädjen i mig själv.
- Jag ville så ett frö av fred i varje hjärta.
- Min längtan efter fred och godhet hos människor var så stor, fast den hade dragit på sig så lång tid.
- Jag var trött på misär och krig vilken har pågått jämt under min livstid på denna planet, och många håller sig tysta. Numera är vi vana vid ett pågående krig, mord och misär någonstans.
- Jag ville hitta min inre pärla, den orörda jag och jag behövde en karta för att orientera mig i den kaotiska världen.
- Jag ville ett svar på mitt eget lidande och få ett grepp om vårt mänskliga dilemma och sårbarhet.
- Jag hade fått nog av det egoistiska samhället som är tomt på empati och medkänsla. Min inre resa (genom Camino de Santiago) skulle eventuellt ge svar på ytterligare frågor som jag själv inte kunde ens i vanliga fall tänka på eller förställa mig för. Så svaret på frågan till det spanska folket och även till de andra pilgrimer under hela min vandring förblev det samma så klart: (hago el camino de Santiago para encontrar mio); Jag vandrar för att hitta mig själv. Så för den skull bestämde jag mig att gå själv ensam utan att ha sällskap med någon. Inget eller ingen skulle locka mig till eller föra bort mig på avvägar. För engångs hade jag bestämt att göra något för bara min egen del. Jag hade sett döden öga mot öga för den tredje gången i samband med min bröstcanceroperation. Jag ville uppfylla min dröm om att gå till den heliga staden Santiago utan

7

någon reservation om vad den skulle innebära eller hända mig, Jag var fri från mina demoner och rädslor.

Varför skulle jag vandra överhuvudtaget?! Vad hjälpte den till? Kunde jag någonsin beröra världens problem genom att ge mig ut på en vandring i annan del av världen? Ju, vi lever i en mycket materialistisk värld som har rullat på i åratal med samma drift och den har drivit oss människor till de stora konsumenter och egoister. Ett samhälle som har sin grund på individualism och egoism går ju till slut mot sin natur. Den ökade Klasskillnaden under de senaste decennierna över hela världen, har ökat på barndödlighet, hunger och svält. Eftersom det vansinniga kriget i Syrien gått över vår mänskliga uppfattning, numera vågar vi göra en daglig almanacka över antal döda utan att beröras innerligt och reagera emot den pågående grymheten; - Metro onsdagen den femte oktober 2016. Vi passerar förbi allt som pågår här och där i världen som om det är inte" vår sak" och det angår inte" mig" men någon gång borde vi reagera och sätt punkt på allt krig, lidandet och förstörelse på jorden. Den pågående mänskliga förvirringen borde uppdagas. Någon gång måste vi lämna den falskheten och öppna våra ögon mot realiteten. Vi måste ta vårt ansvar på allvar innan tiden är ute. Vi borde frigöra oss från denna manipulativa värld som inte gagnar mänskligheten men gagnar bara fåtal människor som lurar andra dagligen. Någon förändring borde ske så att vi alla kan leva i frid. En bra förutsättningen till den förändring vore en stor nedläggning av tankens aktivitet och position. I frånvaron av tankens makt; egot och vår falska identitet kollapsar och ur den uppstår stillheten. I den

8

tystnaden förenas vi med vår sanning; en grund förutsättning för ett liv i harmoni med naturen, djuren och med oss själv. Vi börjar öppna ögonen mot livet. I ställt för att jävlas med och förstöra det. Vi blir fria från vårt egofängelse. Vi lär oss att leva här och nu. vi förenas med allt levande. Vi uppstår ur döden för att kunna leva igen. "Vi är det " som är det och "Vi är det" på riktigt allvar. Nu finns det ett stort utrymme att andas in livet med en stor Tacksamhet; Så saliga de som redan har dött levande och njuter av att bara vara och "Finnas" till här och nu och är nöjda med sitt liv i varje sekund.

Comino de Santiago förblir den äkta symbolen för både vårt liv och vår död. Låt oss till slut tända ett ljus av hopp i varje hjärta. Så ett frö av frid och sprida den insikten som den heliga Sant Jacob välsignar oss med.

Ett Stort Tack till alla som hade stött mig längs vägen och stötte mig att skriva klart den här boken.

BESKRIVNING AV EGNA UPPLEVELSER

År 2008, strax under julhelgen kände jag svåra spänningar i båda brösten. Några dagar senare vände jag mig till min ordinarie läkare, men husläkaren var på semester, vilken ökade min oro lite extra förstås. Jag hade ändå tur för jag upptäckte att min vikarieläkare var en bra och seriös läkare ändå. Hon var ursprungligen från Peru och gav mig en trygg känsla av tilltro och tillit. Snabbt skickade hon en remis till mammografi. Inom kort tid, efter bara några dagar blev jag röntgade i båda brösten. när hon hade fått svaret på mammografin, ringde hon upp mig och undrade hur jag mådde och kände. Efter vårt korta samtal förklarade hon för mig att det vore bäst att skicka en remis till karolinska institutionen för en cancerutredning, jag bekräftade hennes initiativ och väntade på en kallelse från sjukhuset. När jag kom dit, först skulle jag ha ett samtal med den ansvariga sjuksköterskan på avdelningen; jag kände ett enormt obehag, oro och motstånd, jag blev så nervös och undrade hur det hela skulle gå till. Efter det hade jag mitt första möte med huvudläktaren där på avdelningen vilket var tvärsemot det första mötet; som tur fick jag mycket medkänsla och förståelse av läkaren. Han ansåg att resultatet av mammografin gav en suddig uppfattning om vad egentligen handlade om. Så han tog ett radikalt beslut och skicka mig omgående till Santa Görans Capio mottagning för en ordentlig undersökning och för ett skarpare resultat.

Det var 8 mars 2008, jag satt i väntrummet i Santa Göran sjukhus, i väntan på att bli uppropad. Systern på expeditionen visade sin omsorg och erbjöd mig lugn och tålamod. Jag var naturligtvis mycket nervös. Så efter liten stund, fick jag gå in i ett särskilt rum, där inne gav specialisten råd om att lägga mig stilla på en vrist vilken stod på en höjd, efter kort stund var han tillbaka med en tunn och lång nål för att sticka mig i vänstra bröstet, under ifrån veristen, nu låg jag bar i över kroppen alldeles död stilla. Efter provtagning blev jag mer nervös men jag ville inte ta det på allvar, I ställt

10

började jag uppskatta livet lite extra. Trots att min doktor var en manlig läkare, önskade jag honom en trevlig kvinnodag. Sedan skrattade jag åt mig själv men jag rykte på axlarna. Fan i mig, kände jag! Vem bryr sig. Jag tog det mest allvarliga (livet själv) med en nypa salt. På dagarna gick jag på min vanliga promenad och väntade på resultatet men Jag var ju mycket rädd och kände stor oro förstås. Så småningom rädslan gled ännu närmare och fördjupade sig, jag började gråta av förtvivlan och aggression. Livet var ju som en levande fågel i min hand och den Plötsligt höll på att flygga i väg. Det kändes att allt var över och all strävan efter att få leva ett bättre liv hade kommit mot sitt slut och jag hade verken hopp eller motivation för att leva. I väntan på operationsdagen, skulle jag en gång till återvända till Karolinska och undersökas utförligt av en annan underbar läkare för att få ytterligare diagnos och bekräftelse för operation. Tala om mirakel som händer i stora och små skalor i varje sekund med varje ande tag vi tar. Efter den undersökningen. Läkare gav mig råd om att berätta för de andra läkare att min mor hade dött i bröstcancer. Jag kom genast att tänka på min älskade dotter och senare begärde jag en gen utredning av släkten. Men tyvärr lyckades jag aldrig med den, Även om jag hade bett senare, om ett särskilt möte med en specialist på Karolinska och tog min kära dotter med, togs aldrig vår begäran på allvar. Försöket var förgäves. Specialisten ansåg att det inte var godtyckligt bevis att min mor hade dött i bröstcancer. Hon påstådd att undersökning var påkostad och krävde ytterligare bevis för en utredning av cancersjukdom i släkten. Jag hade ingen möjlighet att skaffa"

11

ytterligare bevis", För Jag hade verken kontakt med någon i hemlandet eller kunde jag åka dit för att reda ut några bevis för det. Så vi blev tvungna att lämna det hela bakom oss. Med cancerbeskedet fick jag se döden öga mot öga och jag grät förfärligt mycket, i skogen och skrek jag av min förbannelse över livet, jag hade bara träden för att lyssna på min sorgsna saga och de fick verkligen känna och veta ordentligt om min ångest och förtvivlan, livet var ju nu på sin spets. Jag hade inte heller någon att prata med. Den känslan var obeskrivlig hemskt. Det var liksom pang, punkt och slut. nu var allt över. Livet var ju inte en vara som jag kund gå till en affär och köpa det för pengar, ingenstans sålde man live så att man kunde vända sig dit närsomhelst för att köpa det.

Jag hade inte ens hunnit känna livet på riktigt, hittills handlade allt om att bara sträva, slita, kämpa och springa efter livet själv, utan att nå ett resultat eller komma någon vart, men under ytan livet sakta, sakta var på väg att sippra ut ur mina fingrar.

Till" Vart" skulle jag egentligen komma? Och vad vill jag uppnå i slut ändan? Hade jag själv knappt någon aning om. Jag var redan sönderslagen av alla omständigheter som Jag hade upplevat hittills. Jag känd mig så fruktansvärt ensam med alla mina tankar och känslor som jag bar på.

Allt blev svart inför mina ögon. I det här absoluta mörkret; Genom;" Grace OF God " och hans definitiva nåd, klarade jag av att passera genom den svarta tunneln och komma in till ljuset igen. Nu var det; den tredje gången att ytterligare klara av livets prövning och döden för att komma tillbaka till livet. Det var enorm stor gåva att vara vid liv och fortsätta att leva igen.

Tack vare livets mirakel, min dotterskärlek och min väns närvaro vid operationssalen, klarade jag av första steget. Lika så, tack vare närvaro av de osynliga krafterna vid min svåra strålbehandling, blev det andra steget också avklarad och jag fick tillbaka ett nytt liv. Jag blev total välsignad på riktigt trots alla utmaningar. Strålbehandlingen medförde många komplikationer. Min ångest kom till sin kulm, och den blev så svårt så att jag hämnade på psykiatrin på Huddingessjukhus vars miljö gav mig mer panik och gjorde mig mer ångestladdad, för att alla patienter blev mycket illa behandlade av både läkare och de flesta personal där– förutom en i köket-. Jag hade tyvärr inget annat val för jag klarade inte av att vara ensam hemma med min svåra ångest, jag var beroende av tillsyn och vård, jag hade själv destruktiva tankar och känslor.

I dag hyser jag upp enormt tacksamt till livet, för det är enormt fragilt och man måst varna om det. När jag tittar i ett genom skinnigt glas idag, ser jag min kropp och livet i ena sidan och min själ och ljuset på den andra sidan. Jag kan se det som går att se med ögat och jag ser det som inte går att se med ögat. I det ögonblicket får jag en lite glimt av vem jag är och varifrån jag kommer sedan vet jag inte vart den på väg. Livet ser mig samtidigt som jag ser livet. Mellan kroppen och min inre, min själ och livet finns det bara en tunn skiva av ljus och klarhet; Man lär sig se den genom livet och när man är redo att se. Livet är hoppfullt, generöst och kärleksfull. Att Vakna på morgon och kliva ur sängen blir det ett dagligt mirakel som

13

väcker både enorm uppmärksamhet och tacksamhet; den tanken och den känslan av att jag faktiskt lever, gör mig enorm ödmjuk gentemot livet. Det ger mig inre frid. Livet blir ljuvligt att leva, och miraklen fortsätter att hända. Den mörka natten följs av dagens ljus. Det blir mer kärleksfullt liv att leva här och nu; fri från all tyngd och börda och önskningar. Vem skulle egentligen bry sig om jag äger ditt och datt; viktigaste är att finnas till, att andas, att se och att uppleva skönheten runt omkring sig. Det återstående frågan förblir; vad jag kan ge livet i gengäld då, för det som jag har fått och för att ge mitt liv en högre mening.

Svaret på frågan har sitt mysterium som jag faktisk är angelägen om att få veta mer. Spännande tider väntar på att komma inom kort. Så för min del gör jag min bästa så gott jag kan förmå, resten förbli livets bärkraft att ta hand om. Hittills har livet varit full av mirakel, må resten komma i sin häpnade och i fulla bemärkelse. Amen

Vid jul friandet år 2010, växte till mitt intresse och blev allt starkare. Jag ville så gärna vandra till Santiago de Compostella i Spanien för att innerligt hedra livet. Jag hade nämligen väntat i 8 år. Jag började spontant köpa några lätta kläder, men så småningom önskan växte till sig som om någon annans vilja var inblandade och bjöd på ytterligare, snart skor, ryggsäck och sovsäck var färdig köpta och allt kom till sin ordning.

Jag behövde bara testa utrustningarna för att kunna klara av den långa vandringen.

Med ryggsäck på ryggen gav jag mig ut på långa promenader runt om i Stockholm city.

Människor som jag stötte på längs vägen, såg min enorma passion och glädje och de log tillbaka med kärlek och bekräftelse. Jag blev ju ännu motiverade. Jag hade fortfarande biverkningar efter strålbehandlingen och det gjorde redan ont i västra axeln, belastning av ryggsäcken kändes av tydligt men det hindrade inte mig ett dugg att ge mig ut. Jag fixade ett underlag av lammull för att stödja den ömma axeln. Jag samlade viktigaste informationen från internet för att få veta vad som behövdes mest att ta med mig. Jag ville gå den vandringen för egen healing och för att få ro i mig, därför undvek jag att läsa på någons bok om " Camino de Santiago."

Det sista jag behövde göra var att gå till den närmaste kyrkan för att be kyrkohedern om välsignelse för min heliga vandring till Santiago. Jag behövde skaffa ett certifikat hemifrån innan jag skulle ge mig av. Många av dessa certifikatet kommer att vara med i den här berättelsen. Från den tiden som jag var i Santiago hade gått nästan 6 år, under dessa år hade jag både utställning och föreläsning om min vandring några gånger och jag fick bra respons.

Men nu har jag blivit till kallad att skriva om min vandring. Grund orsaken till den försening var; att min första dagbok tyvärr kom i kontakt med något hjälpmedel och en del av mina anteckningar suddades bort. Jag blev så besviken över händelsen och sörjde över den ganska länge. Så småningom fann jag ingen anledning att skriva

15

om vandringen. Nu längtar jag igen tillbaka till Camino, allt starkare. Jag antar att det här är en omedveten förberedelse, och den kan utveckla mina erfarenheter inför näst kommande vandring. Jag förmodar att jag söker samtidigt efter en djupare healing av mitt liv allt eftersom åren har gått. Hur som helst, är det själens rop att skapa ett underbart verk och skåda sig själv i det; eller är det gudomligas längtan att dansa i glädje över livet. Så återstår att inse det senare. Den känslan vill jag gärna lämna över till läsaren.

TIDEN ATT GE SIG AV:

År 2010 var det" ett heligt år "; som jag vandrade till Santiago utan att ha någon aning om . Så jag missade Sant Jacobs födelsedags vilken infaller på 25 juli månad, och den firas av spanjorer ordentligt; varje tionde år. Så nästa " Santo Ano "- det heliga året-får bli det år 2021.Då fördubblas antal pilgrimvandrar under det året; för det strömmar folk från alla håll i världen: från Spanien, Afrika, Canada, Australien. New Zeeland, Amerika och Europa, för alla vill få en extra välsignelse, fransmän brukar ligga i topplistan med den känslan av att Camino De Santiago vore bara" De Camino Frances".om man kan spanska då går det förstås lättare att beställa en guidebok via internet. De spanska författarna brukar ge ganska tydliga informationer om vägen, själv hade jag inte hunnit med att skaffa en sådan bok.

Den 15 april år 2010 med ett öppet hjärta, en guidebok och en ryggsäck flög jag till Barcelona. Intuitive hade jag planerat att åka

16

upp från Spanien sedan till Frankrike för att börja min vandring där ifrån, men det blev inte fallet och det visade sig att den nya planeringen var mer anpassad för mitt fall. På eftermiddagen anländ jag till Barcelona, Den starka energin kändes av redan. Kallelsen var utom ordentligt stark och drog mig fram. Utan att ens hinna med en enda övernattning i Barcelona då hade jag tagit min plats på tåget mot Pamplona. I samma stund som jag satte mig på stolen då steg in en annan passagerare med en stor ryggsäck, och han satte sig på stolen precis mittemot mig. På Tala om synkronisering; Efter några ordväxlingar visade sig att han också var på väg till Santiago. När vi kom fram till Pamplona, hade vi varandras sällskap och vi letade efter ett härbärge. Det var en regnig och kylig eftermiddag och vi var tvungna att gå över bron tvärs genom hela staden, tills vi hittade en Alberga, där tillbringade vi vår natt. Härbärget var stort och fullpackat med pilgrimer men vi fick var sin säng att sova i. Det var ju mödans värd. Senare på kvällen hade vi igen sällskap för att äta middag och den blev tappas. När vi kom tillbaka stötte vi på några andra pilgrimer och vi växlade några idéer och informationer. Det tog förstås lite tid för att förstå att saker och ting hände ganska snabbt när man var längts vägen mot Santiago. Mitt tågsällskap åkte tillbaka hem dagen därpå för att han hade ett sjukligt tillstånd och klarade inte av att vandra vidare.

17

DE SAKER JAG BEHÖVDE ATT HA PÅ MIN VANDRING:

Bekväma gamla vandringskängor. Som Gortex som passar till allt klimat och man kan gå överallt i dem.

Silke lakan.

Vandrings handduk.

Två par särskilda strumpor.

Två viktlösa T-shirt

Två par byxor, en lång och en kort eller en samman satt.

En Necessär.

Kam, Tandborste, Kräm, några plåster för fotblåsor.

Nål och tråd.

Första hjälpen

Bankkort och lite kontanter.

En guidebok om Camino de Santiago.

En bra ryggsäck som sitter väl i ryggen.

Det finns särskilda ryggsäckar för tjejer och killar, den får inte väga mer än 10% av ens vikt

Ett par tofflor. För avlasta fötterna längs vägen, för att dusch och för kvällen.

Portmonnä som kan fästas på kroppen. Jag hade själv en som satt rund midjan, jag var nöjd med den.

En Camera med extra chips.

Ta med dig några fotografier av dina kära och närmaste.

Två par underkläder.

Resten får du skaffa längs vägen om det skulle behövas.

Det är viktigt att veta i förväg varifrån vill du börja din vandring och du har förberett dig ordentligt för, att ha tillräcklig information underlättar själva vandringen.

En vattenhållare som inte väger så särskild -Fransmännen hade en special plastflaska som de bar i ryggsäcken och de drack ur den med hjälp av en slang. Man ska alltid kontrollera att man har vatten i sin flaska innan man ger sig av

En bra Jacka, för regn och skydd mot vinden och håller kroppsvärmen.

En pannlampa kommer till nytta ganska ofta.

En lätt men varm sovsäck.

En keps eller lätt hatt.

En Anteckningsbok och en penna eller likvärdig är ett måste.

Kan du spanska så är det en stor fördel.

En vandring käpp. Den kan man skaffa längs vägen.

En kniv behöver man ha med sig.

Öronproppar av bäst kvalité.

Ha Compeed plåster med dig, du kommer att behöva dem mot blåsor i fötterna, Sedan kan du köpa på plats. Öva kroppen förre vandringen. Det är viktigt att gå cirka 20 km varje dag under några veckor med alla dina utrustningar. Det finns fotspray för trötta fötter, även fotinlägg som man kan köpa på apoteken i Spanien, De brukar vara effektiva.

Att ha med sig sin Europiska sjukförsäkringskort är det ett av absoluta.

Var modig att kasta dig in i det okända. Lämna egot hemma, kasta gärna bort det i havet någonstans längs vägen till Santiago. Öppna alla portar i ditt hjärta helt och förbered dig för det oväntade. Var ödmjuk mot lokala befolkning, djur och människor som du möter längs Caminos väg. Lyssna mera än att prata och titta runtomkring dig och njut av den skönheten som naturen bjuder på. Lämna stressen och kraven hemma, gå så långt varje dag som din kropp orkar med. Ät och sov och håll dig fräsch. Lycka till i din vandring.

Jag vandrade med mina nyköpta skor vilket var stort misstag för de ställde till mycket, jag fick många blåsor i fötterna, ju mer jag gick i dem fötterna svullnade till ännu mer; fötterna behövde större plats, till slut någonstans lämnade jag dem.

Mina andra nya skor (köpta på vägen) gjorde saken inte bättre. I alla fall var jag illa tvungen att gå i dem. Lite senare köpte jag ett par sandaler till, men regnet trängde in i dem och fötterna blev genom syrade av regn. Så det gick mycket energi åt skorna bara.

Ryggsäcken var inte heller lämpligt för en sådan långvandring. Den satt inte bra på ryggen och den var tydligen inte anpassade för en tjejs rygg, försäljaren här i Sverige var ganska ung och oerfaren, han försökte att sälja sina varor, och förstådd sig inte på vad jag behövde ryggsäcken till. för vattenflaska hade jag en vanlig flaska, och den var också besvärlig, för den ökade på vikten. Min vandring var planerad för två månader och det visade sig att min budget inte räckte till. Till slut blev extra och oväntade kostnader mitt på vägen.

20

Varje måltid kostade 8 euro och värdhus10, ibland 8 eller 5 euro som en donation i vissa värdshus. Plåster var dyra och kostsamma, Man behövde dricka stora mängd Vatten. Ibland blev man också sugen på ett litet extra tilltugg på vägen. Det vore så trevligt att dricka ett glas vin eller fika under vägen och den bör man räkna med i budgeten. Det kunde hända att härbärget dit man kom var full, då var man illa tvungen att gå till ett litet privat pensionat eller ett privat härbärge, vilken kostade en extra slant förstås. Ibland behövdes några mediciner; i mitt fall var sömntabletter, öronproppar eller vitaminer. Ibland behövs extra vilodagar under vägen; de vanliga härbärgena tog inte emot mer än två nätter högst som undantagsfall, resten borde man fixa på egen hand någon annanstans; kanske vända sig till ett pensionat eller hitta ett litet billigt hotell.

Min sovsäck vägde 2kg, så jag bestämde mig att skicka i väg den, jag nöjde mig med det övertäckt som fanns på härbärget. Men jag upptäckte senare att jag hade miss bedömt situationen. Längs vägen fanns det många härbärgen, en del hade olika möjligheter för att ta emot pilgrimer. Ju mer längre upp man kom då blev det mindre bekväm på vissa ställen. Jag fick frysa i några härbärgen tills jag kunde komma till en större stad för att köpa en lättare sovsäck igen för att kunna hålla mig varmt och sova på nätterna. Ä*ta, sova bra och hålla sig ren längs vägen var den allra heligaste mantran.* Människor som var på väg till Santiago hade förstås olika syften, ju mer man närmade sig till Santiago, då sållades människorna bort allt

21

eftersom. En del fick tyvärr inte fullfölja sin vandring på grund av olika händelser som de hade råkade illa för. Allt man upplevde var enorm lärorikt och stort. Man kunde uppleva, även känna på de osynliga och underbara krafterna längs vägen om man var tillräcklig närvaro, annars strömmen skulle göra sitt jobb; pusha och flytta fram somliga eller skicka hem de andra. Man skulle bara ta in så mycket av det goda och heliga som erbjöds och rensa bort allt skit ur sig och lämna ifrån sig sina bördor som man hade burit på i åratal. Var och en hade en anledning att befinna sig där.

En del kom dit för att träna upp kroppen, cykla, rida, eller gå, somliga kom för att tillbringa sin semester där. En del vandrade för att bearbeta sin sorg; bearbeta en skilsmässa eller förlusten av den käraste en del försökte lösa sin familj konflikt med att hitta en väg till en försoning. Visa delade upp sin vandring och fick gå varje år en del av den, de verkade inte ha bråttom för att komma till målet, Santiago; den blev kvar för det kommande året.

Visa människor som arbetade med healing vandrade där med anledning av att återhämta kraft och hela sig själva och kanske i undan fall hela några pilgrimer där som var i nöd av guds nåd. Visa hade en sjuke hemma och vandrade för att be för hans eller hennes hälsa och healing.

En del kom för att förlåta dem som behövde förlåtas, finna frid i sig själv och för att fortsätta leva i harmoni. En del ungdomar var där för sin nyfikenhet. Det hade blivit alltmer trendig och populär att vandra till Santiago, allt eftersom många författare skrivit om

Camino de Santiago. Paulo Cello hade förstås inspirerat många pilgrimer, genom egen roman om sin egen vandring till Santiago, En tysk författare hade skrivit också en komisk roman om Camino de Santiago och motiverat många att vandra till Santiago. Jag fick den första informationen om Santiago när Paulo Cello hade kommenterat sin vandring i tidningen" Amos". Jag upplevde den väldigt intressant men det lärde dröja rätt många år för mig för att gå den. Jag var nog trött på mitt vardagsliv och den eländiga världen när jag verkligen bestämde att ge mig av till Camino. Jag längtade verkligen efter fred för alla på jorden.

Den önskan om fred på jorden och frid inom mig växte till sig allt starkare ju längre upp jag kom till Santiago. Jag fick enorm kraft av att fortsätta trots alla mina åkommor.

Det blev en enorm befrielse när stressen och sorgen hade runnit av från min kropp. Känslor, Tankar, gick i ett maratonlopp; man var tvungen att bemöta och bearbeta dem; hela sig själv och förskona sig med sitt liv. Det var som om varje sten, träd, buske, varje blomma, kulle, berg, hav, djur och även varje människa omfamnade en med en sådan ovanlig kärlek som rensade bort all minnen, allt trauma, lögn och sorg ur ens själ. Man försonades med allt och alla. Historien om mig existerade inte längre, jag var inte si eller så längre. Jag blev barn och växte till mig på nytt. Jag blev så övertygade om att; om alla politiker i hela världen någon gång lämnade sitt arbeta åt sidan och gav sig i väg på en helig vandring; skulle de skapa ett världsnät av samarbete och medkänsla för att få

23

slut på allt krig, hungersnöd och barndödlighet för all framtid. För detta krävs ju förstås mod, klokhet och ett medvetet hjärta. Så här och nu låter vi den här utmaningen förblir en förutsättning för de som vill ge sig av till Santiago de Compostela i Spanien.

PAMPELONA

Nästa dag den 16/4 /2010 efter frukosten gav jag mig i väg med en dam som hade kom från Danmark, hon hade en träff med en grupp som hon skulle leda mot Santiago men av någon anledning vände jag mig om och besökte ett apotek för att köpa några plåster, plötsligt fick jag sällskap av två män nu, De var från Österrike, Gerald och hans kompis, vi vandrade tillsammans till Puente La Raina på 23,9 km och det var min allra första dag. Normal börjar många pilgrimvandrar från Porten av Camino de Santiago. I Frankrike i Sant Pied de Port, - den heliga porten – där brurkar prästen hålla en god tjänst i ett stort kloster, sedan välsignar han alla pilgrimer och var och en får en Concha– en stor musslasnäcka - upphängd över halsen vilken sedan får hänga på ryggsäcken. Den snäckan hade varit sedan länge tillbaka en symbol för all pilgrim; redan när Camino hade börjat. Förr i tiden fick de första pilgrimvandrare dricka vatten ur sin snäcka medan de vandrade.

Det hördes talas om att man skulle passera genom en stor och svår dal vilken kunde vara påfrestande för en del pilgrimer, beroende på ens omständigheter, kondition. Klimatet kund också ställa till och även förvärra hela situationen ibland. Själv hade jag avsikten att åka från Barcelona till Roncesvalles i Spanien och därifrån till Saint-Jean Pied- de- Port i Frankrike, men den planen förändrades i tåget när jag var på väg mot Pamplona. Hela Camino de Santiago ingick på 80,5 mil. Från Sant- Jean- Pied de- Port brukar man vandra mot till Rocesvalles och därefter mot Pamplona; hela den sträckan var bara på 66,6 km; så jag missade på en gång 66,6 km av min vandring.

På vägen mot Puente La Riena, över en liten kulle, Alto de Perdon; stötte jag på några vackra monument i metall vilka förställde några pilgrimer som var på väg mot Santiago. Den kullen var ganska bra placerad; från dess höjd började ett maratonlopp av blandade känslor ta fart inom var och en av oss vandrar. Puenta La Riena hade fortsättning genom en riktig vacker bro över floden "Agera ". Den här bron hade byggdes upp av då varande drottning på 1000-talet för hon ville själv passera tvärs över floden. Längs den floden låg så många vackra hus att skåda. I Puente la Riena övernattade jag på ett stort pilgrimkloster som hade många sängar.

På kvällen var en del människor upptagna i köket och en del spelade kort, jag slog mig ner vid bordet och pratade med en spansk idrotts man vilken gav mig goda råd om hur jag borde lägga upp mitt matschema så att jag kunde få tillräcklig med näring och energi för att klara av min vandring, Alla var så sympatiska där. Här ifrån började vandringen på allvar. På natten var jag så utmattad så att jag inte kunde slappna av, till slut blev jag tvungen att ta en Alvedon, trots det gick inte att somna till för många snarkade. Ironiskt nog lite snare när jag hade ätit en banan då slumrade jag till, men den här gången vaknade jag svettigt av min snarkning. Snarkandet hörde nämligen till vår vandring. På morgonen var jag inte tillräcklig utvilad; efter frukosten, skilde jag mig från kompisarna från Pamplena. Jag hade fått nog och ville vara själv. Jag köpte några frukter och vandrade vidare mot staden Estelle på 23,0 km.

LORCA

Den 17/4 kom jag fram till byn Lorca. Lorca låg bara några kilometer i från Estella. min ryggsäck vägde nu 10 kilo, på vägen till staden Estella stötte jag på en ung kille som hade ramlat på grusvägen, han var så bekymrad över om han kunde någonsin fortsätta sin vandring, hans knä hade nämligen fått en real smäll. Jag blev väldigt tacksamt själv att jag trots allt hade kunnat gå så långt och det hade gått bra hittills. På vägen till Lorca grät jag mycket. Varför skulle jag gå den vandringen, tänkte jag. Hela vägen ut till Lorca kom fram mina farföräldrar, föräldrar, mina barn och mina kära som var så lång borta ifrån mig.

En svag röst gav sig kännedom om att alla begärde och bad om förlåtelse. Hela min släkt; även från några generationer tillbaka, önskade att bli välsignade, känslan var stark och påtaglig och den blev kvar så levande i mig. Den förlåtelsen var en av mina uppgifter där.

Den gudomliga existerade ständig runtomkring och medverkade för vår del över allt. Här börjar andar och själar dansa sin eviga dans om och om igen och om man var stark nog lät man vindarna tar över för att rensa själarna och skänka frid åt alla. I den stillheten blev man både förenad med sin egen själ och andra själar som hjälpte till att mirakel uppstå; Himlen och jorden dansade i glädje och nåden delades ut generöst.

Jag stannade i Lorca för att villa. Jag var både trött och förkyld. Här fick jag café i sängen   av en tjej som hette Ulla, (Ulla var sjuttio år gammal och hon var tyska). Hon skulle fortsätta sin vandring lite senare. Jag var lite ledsen över att jag inte kunde vandra vidare. Jag gick till kyrkan i stället, lite senare blev jag bjuden på kaffe hemma hos en äldre dam -Det blev en fin söndag eftermiddag. Jag gillade att träffa folk för att prata med. Människorna var både nyfikna och sympatiska mot oss pilgrimsvandrare. Jag fick lära mig så mycket av dem. utan något undantag var alla ense om att inte skynda sig i väg till målet, utan ha tålamod med sig själv och uppleva in känslorna medan man vandrade vidare. Jag tyckte att det var så klokt ord. Här fick jag veta att jag kunde skicka mina saker direkt till Santiago för att slippa bär dem på ryggen. Men ryggsäcken behövde jag ha. Jag skickade några kort till mina vänner och mejlade några.

Jag lämnade Lorca till slut, och fortsatte mot Estella. I Estella vill jag övernatta så att jag kunde vandra i lugn och ro nästa dag. På vägen mot Estella, efter bara en timme av min vandring, träffade jag Patrik från Frankrike. Vi började genast prata med varandra, vi hade 18km till Monjardin, jag trodde inte att jag skulle orka gå denna dag men Patrik var villig ändå att vänta på mig om jag kände mig trött eller orklös. Patriks historia var gripande, han hade gått i 32 dagar efter att han hade lämnade sitt eget hus i Frankrike, under dessa dagar hade han verken sett någon människa eller pratat med någon, jag blev den första personen som han träffade på, när han kom in i Camino de Espana(Camino de Santiago). Patrik gick för sin käre vän som var inlagd på sjukhus. Han hade mycket i sitt Bagage men vägrade att prata om det. Runt omkring Estella fanns det många vinodlingar, någonstans vid en liten by Ayegui, jag och Patrik satt vid Fuente de Vino och åt vår lunch och drack vin. Sedan fyllde vi på våra flaskor med både vatten och vinet från den lilla utomhus Bodegan som var placerad mitt i väggen. Den platsen ska man inte alls missa. Det var en upplevelse att vara där. Innan Monjardin såg vi en gammal vattenkälla, båda två gick vi ner och tvättade oss. Det var regnig men vi var svettiga samtidigt. Längs ner i de allra sista trapporna, sträckte jag mitt huvud över vattnet, då såg jag en spegelbild av en liten flicka som liknade mig, Den blev en dja v,u .

Själen påminde sig själv om samma scen som någon gång hade spelats upp vid en liknade brun i barndomen. Så befriande och lekfull den var då när vi skulle bära vatten åt mor i den heliga platsen även om det varade för en kort stund, för vi borde alltid skynda oss till mor och inte vara ensamma vid brun på egen hand. Den svalkande brisen, den stillheten och den fridfulla doften av fukt trängde sig in i hjärtat, det berörde, och den lättade på bröstet; plötsligt stora tårar rann ner på kinderna, det stora tomrummet efter mina syskon fylldes på av Patriks närvaro men jag saknade min mor och barndomen var förbi. Som liten flicka alltid ville jag stanna kvar vid brun så länge så att jag kunde riktigt känna frid i mitt hjärta, men mor alltid ropade på oss barn. Jag lämnade Estella bakom mig och över nattade i Monjardin och Patrik slog sig samman med några franska kompisar. Näst kommande dag; den 20 /4–2010 efter välsignelse av Imee Elisabeth i Albergue Paroquial i Monjardin, tidigt på morgonen vandrade jag i väg; Tvärtemot den kyliga natten började dagen med en underbar morgon, En jättestor sol, hade gått upp och lyste på överallt i berget- Nu var jag i väg alldeles själv och gick mot Torres del Rio, 7 km från Los Arcos. Torres del Rio var omfamnade av en vacker dal.

SANSOL

Jag fick gå vilse och i ställt hämnade jag i Sansol, en by i miniatyrformat. Jag hade ingen särskild planering den dagen och jag gick efter vad kroppen orkade med. Jag kände mig stark och fick en känsla av att i ett tidigare live jag eller någon annan i släkten varit en bonde.

Sedan kände jag mig vandra i Sahara. Till sist blev jag en fjäril som kom ur en kokong. När jag satte mig i solen lite senare och tog av strumporna för att vädra fötterna då kom en liten vacker blå fjäril och satte sig på min stora tå. I samma ögonblick började en eld våg vandra från topp till tån; över hela min kropp ända dit där fjärilen satte och kysste min fot, och den välsignade hela min vandring. Den fjärilen fick sitta där i lugn och ro för att svalka sig och släcka sin törst i solens värme; och jag hann med att ett vackert foto på henne. Nu var det andra gången som jag hade gått vilse.

Jag hade gått två timmar hittills, men fann jag inget tecken på live . Jag gick tillbaka och tog ut min kompas och följde informationen i min guidebok. Jag hämnade igen i San sol i alla fall. Jag fortsatte vidare längs vägen mot byn, Här fick jag en märklig känsla, Hundarna som vaktade byn var lugna och stilla men åsnorna följde efter mig, liksom nej! Nej, inte här ska du komma, gå tillbaka till din rätta väg nu. Du ska inte vara här, fattar du väl knäppskalle. Men jag fattade inte men Jag gav inte vicka heller, jag gick ner i byn i alla fall, det kändes jobbigt, jag hade fått en blåsa i vänster foten. Jag gick in i den lilla baren där, tog en drink och pratade lite med folk där inne, efter liten stund fick jag skjuts till en liten underbar Alberge längre bort i byn. Två svenskar och en norsk tjej, fick fortsätta vidare. Jag däremot välkomnades in av den ung killen. Han var så empatisk. Han brukade hjälpa sin mor att driva fram den lilla Albergen vilken hade mycket särskild energi. En hel del olika Skulpturer, prydnader hängde på väggarna. Hela platsen gav faktiskt mycket värme och kärlek. Jag gillade den här Albergen. Killen berättade att hans mor gjorde healing på människor och hon var en schaman. Jag själv träffade aldrig henne, men hennes son Romano, gav mig en vandrings pinne som en gåva, med den heliga käppen fick jag faktisk en stark healing vilken bar mig hela vägen ända upp till Muxia sedan tog pinnen med mig hem . Den käppen älskar jag för den var en gåva från Sant Jacob. När jag längtar efter Camino de Santiago, då tar jag fram min vandringkäpp och skakar på bjällran så får jag känna mig där igen.

Jag tillbringade natten i sällskap med ett par från Madrid. och de sov också i lugn och ro. På alberge(vandrarhem) tog de inga avgifter för övernattningen: för att hedra deras vänlighet, bjöd jag på en penning som alla andra vandrarhem brukade bjuda på. I visa platser logen var bara en donation, man betalade så mycket man hade råd med. Ibland måste man betala en specifik donations på 6 eller 8 euro. Det kändes bra att stödja dem så att de kunde driva fram sitt härbärge. I början av Camino hade de byggt många stora loger, vilka krävde mycket arbete för det kom så många pilgrimer för att tillbringa sin natt, det pågick en ständigt rörelser, ju mer längre upp man vandrade då blev det glesare och antal härbärgen minskade betydlig.

Jag var på väg mot Logrono och grät medan jag gick. Jag stötte på"
Kono "mitt i vägen, vi tog några foto, Kono hade ett långt skägg och
såg ut som en munk, han gick med en liten hund och var så
överlycklig att hitta den för hans egen hund hade dött nyligen, vi tog
några foto.

Medan vi pratade; välsignade han mig med en kyss på pannan, så
från och med då var jag beskyddade vart jag skulle ger mig av under
hela min vandring. Innan vårt avsked skarpsinnigt Kano påminde
mig att jag hade bara ett liv att leva oh det var nu, Våga eller Värka.
Kono hade kommit från Tyskland, och hade redan vandrat "Camino
de Portugal "och hade sett den heliga Fatima. Han berättade att han
var på väg till Jerusalem då.

En timme senare, ett par från California dök upp, tvär emot det
vanliga, grät de också med mig, vi kramades stort; de tackade mig
för mina tårar. Jag blev väldigt berörd av deras enorma ödmjukhet
och godhet. När vi skilds åt gick jag på knät och kysste marken och
tackade de heliga krafterna. Snart passerade ett spanskt par och vi
växlade några ord sedan köpte jag min lunch och ett par tofflor. det
kostade mig 30 euro.

Den 20 /4–2010 Lunchen (13 euro), plus logen (6 euro); kostade
mig 19 euro den dagen. Många små pengar gick åt dit och dat som
sedan växte till en stor summa. Första dagen när jag började gå, åt

jag bara bröd. Skulle jag fortsätt på det sättet då skulle jag aldrig klara av min vandring på bara bröd. Jag kände mig säkrare och starkare ju mer jag gick i harmonisk takt som Marselle från Brazil hade förklarat för mig. Det var nämligen viktigt att hålla takten i vandringen. Jag planerade inte men det blev fantastiskt ändå. Det amerikanska paret gav mig råd att vara öppen under hela vägen för det brukade hända många saker. Jag bekräftade och bejakade dem med att ha mitt hjärta öppet. Jag hade redan lärt mig av Patrik från Frankrike. Och jag var honom så tacksam.

VIANA

21/4 - 2010 kom jag till Logrono. Vägen var mycket upp och ner och det blev påfrestande så jag kände mig ganska trött när jag kom fram till den vackra staden Viana, där stannade jag och gick direkt till härbärgen som var i närheten av torget i centrum. När jag var i kyrkan för att stämpla passet, kom ett par till mig för att ha ett samtal med mig. Kyrkohedern stämplade mitt pass och såg mig gråtande, han frågade mig, om jag var sjuk. Han var så empatiska mot mig. Jag gick tillbaka till min albergue för att lägga mig, det kändes skönt att vila upp kroppen. Efter ett tag gick jag ut för att handla mat. Det var så soligt och mysigt på torget, jag blev sugen på en kopp kaffe, jag längtade att sitta och titta på folk som passerade förbi. jag erbjöd även en äldre man på kaffe, här fanns det så många människor från olika håll i världen. Frankrike, England, Spanien även från Canada och Malta. Många av dem som satt där var faktiskt turister.

Efteråt köpte jag mitt matbröd; vit ost, Martadela, jordgubbar, och jag återvände till min albergue. Den var real stor. Jag försökte ta tag i en dator för att Mejla Aina som var min kontaktperson i Göteborg. Jag hade inte hört någon nyhet från mina nära och kära heller. Det kändes så cool att Mejla min japanska väninna Akiko i Japan och växla några ord med henne.

22/4–2010 hela natten snarkade en man i samma rum där jag låg, den natten kunde jag inte sova. På morgonen tog jag min väg mot Narvette. Då var Klockan 7,30. Jag tog god tid på mig och vandrade i min takt. Klockan 17,30 var jag framme i Narvette. I staden Logrono; 9km innanför staden Narvette, Fick jag syn på ett litet mysigt café, då slängde jag ryggsäcken på marken och gick in för att stämpla mitt pass, där inne fick jag dricka kaffe och kela med en underbar svart hund, jag tog lyckligtvis några foto på den fina hunden. När jag kom ut, såg jag så många vackra tulpaner på den lilla trädgården mittemot caféet. Jag kastade mig över de ståtliga blommorna som lyste med grandiosa färger i solljuset; och jag tog några foto på dem med. Jag njut av solvärmen som omfamnade tulpanerna tät intill sig. Tulpaner är tydligen mina favoritblommor. Här köpte jag ett litet halsband som suvenir för att bidrag tjejerna som hade kunnat fixat det här caféet och ordnat en fin och mysig plats där. Innan Logrono i" Laguna de las Canas "; fanns det en artificiell sjö för vandrande fåglar. Där fanns möjligheter att åskåda flyttfåglarna. jag missade den själv. I

Logrono stannade jag upp och gick in i kyrkan och, tända ett ljus
och bad. Kyrkan doftade fortfarande lik efter gårdagens
begravningsceremoni. Klockan 13,30 strax efter att jag hade lämnat
Logrono, blev jag överraskade av en reklamgrupp för "Vino De
Rioja ".

Iregionen Rioja lever nämligen kvar en ur åldrig vinodlings
kulturen. När jag möte gruppen blev jag först intervjuad av ett
spanska tv team; som fotograferade mig för sitt särskild tv-reportage
om "Vino de Rija " i Tv:n Efter det fick jag kliv in i en stor bunke
fylld med röda vackra vindruvor för att trampa och pressa på de
stora och härliga vindruvorna med mina trötta fötter. De tyckte att
vinet blev helade och på så sätt fick bättre smak av våra heliga
pilgrimfötter; vilken naturligtvis gav oss tillbaka healing, fram för
allt till våra trötta fötter. När jag skildes från tv – teamet, fick jag en
stor klase av de saftiga röda vindruvorna för att mumsa på längs
vägen. Jag lunchade medan jag vandrade, när jag väl var framme
kände jag mig ganska trött. I albergue(vandrarhem) fanns det bara
den allra sista sängen kvar, och den var nummer trettio ett. Det blev
ett under, jag hade mentalt beställt egen sov säng i för väg; efter att
jag hade lämnat staden Viana mot Narvette. Jag tyckte inte om att
stress vandra för att få en säng när jag var väl framme. Några
kilometer innanför Narvette stötte jag på Emil med sin hund "Turk
", Han hade en liten vagn som drog på hundmat och lite till i. Jag
hejdade mig att räcka pengar till honom. Vårt samtal dröjde i en
halv timme. Det blev en enorm energi kvar efter honom. Jag blev

stolt över mig själv för att jag hade kontroll över mina känslor. Folk som vandrade med djur fick ingen plats i något vandrarhem; De var tvungna att tillbringa sina nätter under en bar himmel någonstans där ute. Här blev jag uppmärksam på folk som stressade förbi sin vandring och hade så bråttom.

NAJERA

Ryggsäcken kändes tyngt på ryggen. Från Viana till Logrono blev cirka 8 ,50 km, och Logrono till Navarrete 8,8 km.Cirka 17 km hade jag gått. I Narvarrete gick jag in i kyrkan där fick jag välsignelse av en jättesnäll präst. Jag ringde till min "Syster" Rafaela i staden Torremolinos i Andalusia. Hon undrade om jag hade kommit fram till Santiago.

I vandrarhemmet, maten imponerade inte på, den bestod bara av ketchup, ris och ett ägg, vilken med ett glas vin och kaffe kostade mig 6 euro. Det kändes att maten började bli dyrare.

23/4–2010 vaknade jag i väg klockan 4. Någon gång mellan klockan 5,30 och 6 på morgonen gick jag ifrån Navarrete mot Najera, på 18,27km. Innan Najera i Ventos stötte jag igen på mina franska kompisar. Maria Tressa, Mari och Milan som var tre syskon, och de var mycket trevliga. En av systrarna låg i skilsmässa; alla tre syskon skulle tillbringa sin semester tillsammans och de ville gå bara en del av sin vandring till Santiago. Det verkade vara roligare att fördröja sin vandring till Santiago. Jag fick lite hjälp ut av Maria, hon bar min ryggsäck. De brukade skicka i väg sina ryggsäckar innan de vandrade vidare till sin nästa plats. Jag hade ju några blåsor i vänstra foten. När vi kom fram till Najera, hade albergue inte öppnats än, vi borde vänta i 2 timmar tills den öppnades. Allergen var ganska stor och på natten blev svårt att somna. När jag kom in; fick jag syn på en liten bok som låg på ett bord, Den var Paulo Cello roman som handlade om hans pilgrimsfärd till Santiago, jag bläddrade i; snart lämnade boken tillbaka där den låg innan. Under vår vandring fick jag höra att det fanns en Satie som man skulle kunna få hjälp med att skriva en bok om sin vandring om man så ville det. Tyvärr hade jag missat att anteckna Satiens namne. I början av min vandring vägrade jag att lämna ifrån mig ryggsäcken så fransyskorna blev engagerade att bära den åt mig. Den dagen hade vi en lång diskussion med tjejerna om: " att våga be om hjälp och vara öppen att ta emot hjälp. " En av fransyskorna var psykolog. Den dagen; grät jag en hel del över mina svåra barndomsupplevelser. Lite senaren på vår väg; stötte vi på en tyska som entusiastisk berättade för oss om att hon skulle skriva en bok om sin vandring till Santiago med titel " Maraton av inre känslor ". Jag saknade min dotter vid min sida. Hon gjorde sin egen heliga vandring långt bort i latin Amerika, nästan samma tid som jag började min Camino; Och Jag; gick inte bara genom min Camino de Santiago utan jag gick genom min live, jag vandrade Camino de la vida. Jag vandrade i livet för livet; likaså hon.

24/4–2010 lämnade jag Najera klockan 7,30; efter en timme, runt klockan 8,30 kom jag fram i Azofra, den sträckan blev så kort som bara 6 km. Från Narvette fick jag sällskap av Juan, han hängde med hela vägen ända fram till Azofra. I Azofra gick han in i ett café och beställde en kopp kaffe åt mig, efteråt vände han sig om och vandrade tillbaka hem. Juan hade opererats för Prostatacancer, han berättade att han borde promenera minst 3 kilometer varje dag, nu hade vi gått nästan 6 km tillsammans, vi var båda två tacksamma för vi hade varandras tillsammans denna dag. Efter min frukost gjorde jag mig i ordning för att gå. klockan 9,30 var jag redan i väg, först till Ciruena på 9,30km sedan 5,9 km till Staden Santo Domingo de la Calzada. I Ciruena åt jag min lunch, sedan Klockan 14,45 kom jag fram till Sant Domingo de la Calzada. Mitt på vägen hade jag tappat en av mina tofflor; jag hade hängt upp dem på ryggsäcken, för att ha lite lättare att bytta ut dem mot kängorna. Fötterna behövde vädras. Den härbärgen var ganska fin och stor; Personalen var mycket sympatiska. Jag hade ett givande samtal med Krister och Aina från New Zealand; båda två jobbade som expeditör där. Vädret blev varmt och skönt. Jag hade en effektiv dag, med att: duscha, tvätta kläder, fota, fixa tårna och till sist äta mat.

26/4–2010 Efter min frukost sov jag halva dagen, efteråt tvättade och lagade mat.

Jag åt lunch på gården med Marlinas från Holland och Elina från Sverige.

Elina hade gjort sig illa i ena foton, ett ben var ingipsad och hon önskade sig om att jag skulle skriva något på den. Hon flyttade runt omkring med hjälp av sina kyrkor. Marlinas mådde inte heller riktigt bra, efter att jag hade gett henne healing, mådde hon någorlunda bättre. Hon behövde träffa en läkare men hon hade tyvärr glömt bort sitt europeiska försäkrings kort. Mot slutet av dagen hade jag en lycksalig upplevelse; jag kände mig tyngdlös och lätt för att flyga. Jag upplevade att någon var på min vänstra sida och så fort jag skulle känna och krama den, blev jag stoppad av den osynliga. På eftermiddag tog jag en tupplur, sedan gick jag till apoteket, köpte vaselin, sömntabletter och Paracetamol.

Där kom jag in i ett samtal med apotekare och en spanska dam. Jag fick berätta för dem att jag vandrade Camino de Santiago och moder jorden (Pascha mamma) gav mig stöd och energi. Spanjorer tyckte om att argumentera över Camino de Santiago och de blev så glada över hur bra jag kunde kommunicera med dem på spanska. På morgonen när jag vaknade gav jag mig själv healing, och min favorithealer Bruno Gröning kom fram i mina tankar, han ansåg:" att man måste hela tiden ladda sina batterier och hämta kraft utifrån det gudomliga, i tystnad och i kontemplation". Jag såg mig själv i en jättestor kristallboll, det var en enorm upplevelse även om den var så kort varig.

Jag hade varit hos doktorn och fick bindafötterna, folk tittade på mig och kände synd om mig. Om vår vandring till Sant Jacob och skador och blåsor under vägen; hade spanska folket en fin filosofi; en sådan förklaring griper tag i vårt hjärta kraft. De tyckte att blåsor var ett tecken på läckning i själen, med andra ord måste man få blåsor för att göra sig ren från sina synder (eller gör sig av med sitt ego), en förutsättning för att klara av att vandra vidare till sitt mål; nämligen, till Sant Jacob de Compostela; en metafor för att vandra i harmoni och frid genom vårt liv här och nu på jorden.

Middagen blev det samma som lunchen. Solen gasade och jag blev illa mående av att äta chips. Jag lovade mig själv att gå halva vägen av varje etapp varje dag, och jag gav löfte om att vara försiktigt och inte köra över mig själv. Mina franska vänner blev mer närgående, deras nyfikenhet gav de ett behov av att prata ständigt. Trots att de var så sympatiska, klarade jag inte av att umgås med dem längre. Jag ville ha en egen Camino. Det blev mer och mer tydligt att inte låta mig påverkas av den strömmen som ständigt flöt fram längs vägen. Andra skulle få vara hur de skulle vilja vara men jag ville vara med mig själv. Elisa på Expeditionen gav mig råd att skicka hem min jacka. Under dagen gick mina tankar till kvinnogruppen i kyrkan hemma, där brukade vi samlas på måndagar. Vi lagade soppa och åt i varandras sällskap. Här bestämde jag mig att lämna min jacka till närliggande kyrka för att lätta på ryggsäcken.

40

MILAGROS

27/4–2010 träffade jag Milagros (mirakel) från Madrid tillsammans med sina tre sällskap kompisar. Milagros gick Camino de Santiago för hon hade förlorat sin unga dotter.

Hon spelade en viktig roll i min vandring till Santiago i otaliga gånger. Hon hjälpte mig att justera ryggsäck på ryggen. När jag åt min lunch på gården, kom jag i samtal med en spanjor vars son var Ingenjör och hade tidigare arbetat i Teheran. Han var så stolt över sin upphängda Persiska matta hemma. Han berättade att hans son brukade hämta båda pistage och kaviar åt honom, dessutom var han glad att sonen hade hunnit med att åka skidor i Pisterna längs bergen North om Teheran. Alborz berget ligger ungefär över 2,500 km över havet. I tonåren Jag brukade tillsammans med mina bröder klättra upp till toppen av berget. Jag hade även sytt särskilda kläder för bergsklättring. Jag gillade att klättra och spendera tid i naturen särskild i gryningen. Tystnaden var mäktigt och gripande.

I köket på albergue blev jag vän med en rolig grupp från Korea, de gav mig uppgift att övervaka 30-tals ägg som de hade på spisen, medan de åt sin lunch. De kokta äggen skulle förtäras under tiden de vandrade mot Santiago. Den dagen hände mig en hel del saker. Här fick jag stanna fyra dagar på grund av svåra blåsor i fötterna, tack vare läkarens intyg. I normalt fall som pilgrim, har man bara rätt till en övernattning i ett vandrarhem(albergue). Min läkare ansåg att jag

41

borde avbryta min vandring och vända mig om, men jag blev inte ett dugg rädd eller oroliga för mina blåsor.

POSTBYRÅN

Nästa dag den 28/4 skulle jag tidigt till posten för att skicka i väg min ryggsäck. Vad som inträffade längs Camino de Santiago, förblev en enorm utmaning för egot att överlämna sig och ge upp; det var det enda sättet för att kunna öppna sig för att ta emot de nya utmaningar som inträffade längs vägen. Att skicka en del av mina saker förblev en tydlig symbol för att bli av med allt som man hade burit på under hela livets gång. Detta utrensningen i sig var en förutsättning för att kunna orka vandra i Camino och även orka leva sitt vanliga live, I annat fall skulle vår livs film gå i repris om och om igen, tills man accepterade och gav upp, Vägrade man att överlämna sig till det oväntade då råkade man illa upp när man minst anade och man blev hem skickad omgående. Det gällde att vara medveten om; varför man befann sig där och vandrade i Camino. Att möta särskilda personer och överreagera mot, gav också ett klartecken på vad som borde lämna ifrån sig. I mitt fall var Milagros ett tydligt tecken på "lett go av mitt ego". Här borde egot, skalas av, tinas bort i varje steg. Här själen berusad av livets glädje och extas dansade ut sin befrielse. Här själen tog sin rätta plats, växte till i sin potential och blev allt starkare. Här vandraren hade egen väg att vandra genom i sällskap med de osynliga krafterna i Camino de Santiago. Det fanns ingen annan väg att välja förutom än egen utvecklig; så bära eller brista eller gå hem.

42

Denna morgondag 28/4 fick jag och en tjej till, vänta framför postbyrån, tills de skulle öppna den. Flickan hade nämligen avsikt att skicka något i väg, inom en begränsade tid gjorde vi varandras sällskap och det blev det som var menat för mig. Verena kom från Tyskland; jag fick tolka för henne på spanska på posten. Det blev en underbar dag med ett fantastiskt mötte. Jag skickade sovsäcken till en vän i Holland, och jag bad min vän att skicka lite pengar via banken.

I staden Santo Domingo de la Calzada pågick en liten historia, sedan 11 hundra talet; Santo Domingo förblev Santo Domingo de la Viloria. Viloria (Calzada) var en eremit i början och bodde i skogen nära floden Rio Oja. Calzada blev så småningom mycket påverkade av pilgrimernas lidande, och han bestämde sig att ägna sitt liv åt pilgrims leden; han avvärjde skogen och byggde en bro över floden och lade stenar i leden "Calzada ". Han byggde ett härbärge och ett sjukhus som senare blev hotell " Parador". Han tog hand om sjuka pilgrimer. Han byggde en kyrka vilken senare renoverades till en katedral. Sant Domingo helgon förklarades efter sin död. Senare begravdes han i denna kyrka. (i kyrkan finns alltid en levande tupp och en höna i en bur). Historien berättar; att ett tyskt pilgrimspar bodde med sin son Hugonell i ett värdshus i staden Santo Domingo under 1300-talet. En tjänarinna blev kär i Hugonell, men hon blev avvisad och för att hämnas på honom gömde tjänarinnan en skål i

43

hans ryggsäck, vilken lede honom till fångenskap trots att han förnekade brottet.

Hugonells föräldrar trots alla dessa omständigheter, vandrade klart sin pilgrimsfärd till Santiago, vid återkomsten till staden Santo Domingo upplevde de att deras son fortfarande levde, så de gick till stadens domare för att be om nåd för honom, men domaren trodde inte på deras argument, i ställt rekommenderade dem att tro på tuppen och hönan, som sjungande flög i väg från hans talrik. I det ögonblicket som han fortfarande höll på att äta sin frukost, så till minne av den händelsen kom att för alltid finnas en vit tupp och en höna i en bur i katedralen och de bytts ut var fjortonde dag.

JAG OCH VERENA

Under några dagar umgicks jag med Verena; efter vi hade träffats vid postbyrån, vi vandrade tillsammans mot Belordado, 23,9 km Sedan övernattade vi i Redecilla del Camino;11 km bort i från Sant Domingo. Verena var en healer och kom för att vandra till Santiago men snart blev hon påverkad av människorna som vandrade i Camino och på olika sätt behövde guds nåd. Hon såg dessa människor längs vägen och valde ut några av dem för att arbeta med. Hon upptäckte dessa behövande genom att observera dem hur svårt de hade att ta sig fram genom Camino de Santiago.

I staden Sant Domingo, några personal på det stora härbärget upptäckt mig efter ett samtal; och förmodligen de hade informerat Verena om hur jag hade; för min del allt föll på plats när vi tillsammans råkade vara på postbyrån den 28/4; för att uträtta våra ärenden. Verena var en skicklig healer. Hon läste mig genom, hon såg hur kraftlös och fattig på livsenergi jag var; och Jag trots det ville ändå vandra till Santiago.

Jag fick berätta för Verena allt om mitt liv, samtidigt som jag grät ut mycket över mina hemska upplevelser, och Trauman som jag hade blivit drabbad av i olika perioder i mitt liv.

Hon gav mig healing och upprättade många hål i min inre. Hon väckte och upplivade mina krafter på nytt, och hon upprätt höll mina själs stolpar på plats där de skulle stå, på så sätt kunde jag vandra vidare; och vandra ännu djupare i min själ och hela mig medan jag vandrade. Vi åt lunch tillsammans. På kvällen övernattade vi tillsammans i ett tvåbäddsrum i Castildelgado för att jobba vidare, hon kände mitt enorma behov av hjälp, hennes närvaro var gudomlig. Dagen därpå skulle hon också hjälpa någon annan man som hon hade upptäckt på vägen medan vi redan hade vandrat tillsammans, Manen var på väg till Santiago. Innan vi skulle skiljas åt förklarade hon för mig att hon hade även gett healing åt min dotter, till slut ansåg hon att det ändå fanns lite arbete kvar som vi skulle kunna avslut det genom att åka hem till henne i Tyskland och övernatt några dagar hos henne för att arbeta färdigt. Den viktiga delen av vårt arbete hade tyvärr uteblivit; mestadels på grund av olika omständigheter så som ekonomi och min dotters hälsa. En annan orsak, kunde ha hängt på språket för hon kunde verken engelska eller spanska och jag kunde tyvärr inte tyska. Men hon kunde säkerligen ordna upp det på något sätt, så som hon hade gjort längs vägen.

VI SKILJS ÅT

30/4–2010 Någon dag av de här dagarna; det var antigen fredag eller lördag strax efter att jag och Verena hade lämnat Redecilla del Camino och hade skiljts åt, stötte jag på Milagros på morgonen. Hon berättade om att hon hade varit på Paulo Coellos härbärge i Viloria de la Rioja. Om det, hade jag ingen aning om, senare hörde jag talas om att den alberguen förmodligen hade läggat 14 km från Sant Domingo eller 9 - 10 km från Belordado.

Jag var ändå jättenöjd för att jag hade träffat Verena och hade gjort sällskap med henne, det var ett unikt tillfälle som livet hade bjudit mig på och jag var så tacksamt för det; att vandra i två-tredagar med en healer, tillhörde till den mest absoluta världen som en människa skulle stötta på någon gång och uppleva det i sitt liv och nu var min tur att bli bjuden på.

FÖRBI BELORADO

Jag och Milagros vandrade tillsammans i två dagar och passerade Belorado och tre andra byar på 12 km, det var klockan 17,30 när vi kom fram till den lilla mysiga Refugen i "Tasantos". I den lilla byggnaden cirkulerade en mystikenergi.

46

Jose – Luis var vår värd (Hospitalero). I allra första början tog han hela vår grupp till "Emerita de la Virgen; de la pena" högst upp i berget. Där fick vi en kort guidade tur, I det vackerbelägrade Kapellet, Inne i bergsklippan, hittade vi en särskild staty av Jungfru Maria som drog till sig allas uppmärksamhet. Jose- Luis underlättade för oss två, så att vi skulle skippa matlagningen. Milagros började berätta sin sorgsna historia vid matbordet Vår Middagen var potatis och sallad. Innan vi hade hunnit dit, några andra pilgrimer från Frankrike och Kanada, hade anlänt där och de fick ta hand om matlagningen.

Inne i köket pågick ett högljuddast samtal och Jag undrade bara varför människor var i behov av att ständig tänka och prata ut så mycket.

Sen eftermiddag, gick Jose –Luis upp till andra våningen för att meditera och be. På kvällen bjöd Jose alla oss till den andra våningen. Mystikens ande hade redan bered ut sig i hela lokalen. Så fort han hade gjort upp en eld; rummet sänktes i en total tystnad. Healingceremonin började ta sin grep om våra själar; tårarna rann; och hela min kropp darrade. Vi alla hade bildat en ring runt elden och hade var och en sin pappersbit med en penna i handen; På det lilla pappret skulle var och en skriva sin allra djupaste önskan, när man väl hade skrivit klart; då borde man meditera lite stund över den, sedan fick man love av Jose att stoppa det här pappret i en liten box; Jose - Luis skulle ta den boxen med sig till skogen senare och efter en bön; skulle han bränna upp allt som innehåll. Den kvällen grät jag jättemycket. Minnet fortfarande berör så som om det var igår. Den önskan från den kvällen kom faktiskt i uppfyllelse när det hade gått 4 år efter min vandring till Santiago. Det var en enorm och stark önskan som blev uppfylld. På den natten sov jag och Milagros i en liten vrå för oss själva, det var nu fjärde kvällen som jag hade frusit av kylan utan att ha någon sovsäck, trots att jag hade lånat två täcken av Jose- Luis; Mitt i natten hade Mialagros besökt wc och lett tyvärr dörren stå vid gavel.

Innan vi skulle lägga oss den kvällen, fick jag uppleva den värsta oron och blev panikslagen över att jag hade lämnat kvar båda mina och Milagros pengar i köket, då sprang jag ner till köket; som tur ingen hade rört våra väskor. Jag hade lämnat ifrån mig våra väskor när jag hade hjälp till i köket på slutet. Här bestämde jag igen att lämna Milagros, och vandra vidare själv. Men vid en jättevackert albergue i den lilla byn Villambistia, 7 km från Belorado stötte jag igen på Milagros. Vi åt var sin lyxiga och unika frukost på den mysiga alberguen, för dricka tog jag zoomo de naranjas (apelsinjuice) och hon tog vin till sin goda sandwich. Här pratade jag med en italiensk kille som berättade för mig att en iransk tjej från Tyskland gick också längs Camino de Santiago. Jag hade redan hört talas om den tjejen. Nästa dag skulle vi mot San Juan de Ortega, på 12 km sträcka, många var rädda för att klättra upp på det

48

höga berget på 1200 km. Jag bara välkomnade det, för i tonåren brukade jag klättrare upp i det höga berget i Tehran.

EN LYXIG MIDDAG

Här upptäckta jag min irritation över Milagros beteende. Milagros verkade vara en tillgång som dök upp då och då från ingen stannas, när hon så gärna behövdes. Jag blev så trött att ta hänsyn för henne. Hennes man och sonen hade tidigare gått till Santiago och hon kände till vägen en hel del och hade bra information. Men vi var så olik varandra. På kvällen blev middagen bara en Sandwich. Frukt och nötterna sparade jag för nästkommande dag. Kort senare efter när vi hade kommit fram till i Villafranca Montes de Oca, ville Milagros äta sin middag på den vackra restaurangen som låg intill vår albergue. Egentligen ville jag inte missa den fina upplevelsen så Jag hängde; vi gick till restaurangen och åt en lyxig middag. Ibland retade hon mig, att jag åt för mycket hela tiden. Den kvällen skrattade hon åt mig och Jag fick berätta för henne att jag var van vid att äta med korta mellanrum. Den här kvällen, hade vi så roligt ihop, vi drack en hel flaska vin tillsammans. Jag var också glad över gröna jackan som jag hade hittat på gården, den kom till mycket nytta; det hade redan börjat regna på kvällen. Jag lämnade den jackan någonstans längs vägen så att någon annan kunde ha den. När vi kom tillbaka till albergue, träffade vi på en italienare som låg i sängen och snarkade i full fart, han fick oss två att skratta högt och gott; när jag började spela in hans musikaliska snarkning då vaknade

49

han till; och vände sig om och låg på andra sidan. Han verkade vara jättetrött.

Från Ortega till Burgos hade vi 27,3 km. Den kvällen kunde jag inte sova så jag blev tvungen att ta sömntabletter för vi hade en lång och tuff vandring fram för oss näst kommande dag.

29/4–2010 träffade jag Verena igen vi drack kaffe tillsammans i ett mysigt café längs vår väg, hon fick betala notan till killen som serverade oss kaffe med oliver. Men bara inom en liten kort tid efter att hon hade betalt kom en annan man från baren mot mig och tog betalat igen. så det blev en mischmasch över två koppar kaffe; viken tur att det inte var en stor summa ; vi struntade i den nya notan.

KÄNSLOR

31/4 eller 1 maj på en söndag lämnade vi Villafranca Montes de Oca mot San Juan De Ortega. Längs vägen när jag tittade över fältet grät jag jättemycket, mina törstiga ögon sög in all den vackra i naturen, plötsligt var jag förlorad i allt jag skådade runtomkring, i solen, i marken, i träden i gräset; för en ovis stund av mitt eget varande var jag borta, i ett beskyddat tillstånd, gestaltade sig min mor, och far, den bortgångna systern; mitt bortgångne barn visade upp sig oskyldigt framför mig, sen kom mina syskon och hela släkten. Alla hade en gemensam nämnare; de bad mig om min förlåtelse, även min gode vän" A" kom fram och jag öppnade mina armar för alla mina medmänniskor, tittade runt åt all håll och bad för var och en av

50

dem, sedan skickade jag mycket kärlek och tacksamhet till mina far och morföräldrar; även min älskade moster som återspeglade både mig och min själ. Alla fick välsignelse och jag tackade dem för evigt. I den gudomliga stunden bad jag för alla andra pilgrimer och de behövande på vår planet.

Tack vare en uppgörelse med mig själv innan min vandring; visste jag om; varför jag hade givit mig ut till Camino (vandringen) de Santiago. Det hände så många mirakel längs vägen; för att uppleva dem krävde ju ett tomrum både i kroppen och i själen så att man kunde vara kapabel att komma i fatt med alla dessa snabba förändringar, höra meddelandena och tolka symboler rätt, allt detta krävde en totalt närvaro nästan i varje stund.

Så här sade den stora mystiken Rumi en gång i tiden: " låt varje sten i varje steg du tar, ta ditt ego och föra dig fram till din behövda gud." " Så låt dig gudomliga förföra dig, och ta dig dit, där din längtan vill dig vara".

Innan jag skulle ge mig ut igen; behövde jag hjälpa mina fötter som hade redan fyra blåsor i både hälen och tån. Vägen var gudomlig; skogen framför oss var tät och dimmig. Vi skulle gå genom berget och sedan passerar dess vackra dal. Vi gick för oss själv men då och då tog vi några foton på varandra. På slutet, från Ortega blev lite jobbigt så jag tog av skorna och satte fötterna på marken för att få lite energi av moder jorden. Längs den vägen fanns det inga spår av

51

civilisation. Utan fanns bara en stor skog med många ståtliga träd som var omfamnad av en söt, salig och tyst dimma. Det var som om träd efter träd, berättade guds hemliga saga om livet för oss förbi passerande. Dimman välkomnade varje pilgrimer i tystnad och sänkte sin frid och kärlek till alla sina Passagerare. Jag hade inte haft en sådan fridfull dag under de två senaste veckorna av min vandring.

RÖSTEN

I förenlighet med allt som fanns runtomkring mig, öppnades plötsligt min traumatiserade strupe; luften flög ut ur den, och plötsligt började jag sjunga; Själen blev närvaro i mig och började berätta om sin hemliga historia. Så där fortsätta hela vägen, det växte till sig så stark, ju längre jag gick framåt. Många kilometer bort där ifrån till nora delen av Spanien När jag befann mig i Muxia, vid den mäktiga gamla kyrkan intill havet – vid kusten; - Costa Del Muerte- (den dödliga kusten) sjöng jag bara, jag sjöng så vacker så jag inte kunde känna igen mig själv, jag var ur tiden; jag var ur min kropp, den fortsatte vidare utan att behöva bära ett huvud på min kropp för att tänka. Min inre känsla övertygade mig om att jag var innerst inne en sångerska och jag skulle absolut sjöng vidare när jag väl var framme hemma. Jag bara sjöng hänsynslös i samma klang med de höga, hårda, hänsynslösa och skrämmande vågorna. Den lilla flickan som brukade sjunga hemma; hade kommit fram och tog för sig. Hon visade ännu mer mod och styrka. Den lilla flickan i mig hade vaknat till och visade upp sin gömda skatt. Hon hade inte dött ut utan hon hade varit i komma i rätt många år. Det spanska folket

visade intresse och bekräftade själens kraft med ett bejakande leende
när de passerade förbi. Det verkade att de kände igen hur en befriad
själ brukade spela fullt ut och dansa fritt i sin glädje. När vi gick
över berget, hörde jag en röst säga till mig att mitt sällskap,
Milagros störde en annan varelse som skulle visa upp sig för mig. Vi
kom fram till en liten by AGE´ med tre små vackra trähus, Byn låg
3,6 km bort ifrån San Juan de Ortega. Jag ville så gärna stanna där.
På kvällen sov vi i ett litet rum med 6 bädd, det var så fridfull men
litet dyrt. Efter vår frukost ville Milagros övertyga mig att vandra
tillsammans. Jag kände att min kropp hade gått isär när jag fick gå
så många kilometer i rad, jag ville vara med mig själv och vila upp
mig. Jag var inte beroende av Milagros eller någon annan. Milagros
var inställd att berätta om sin förlorade dotter och den stora sorgen
hon bar på för så många människor så möjligt och hon grät, på så
sätt överlämnade sin sorg till de andra människor; hon lämnade
aldrig sin dotter att vara i fred: Förre gående natten hade hon gråtit
en hel del. Jag kunde inte göra något för henne. Hennes energi hade
sin påverkan på varje människa som hade sällskap med. Jag bad för
Milagros att få ha en annan person i sitt sällskap. Efter min bön såg
jag henne bara en gång innan vi hade hunnit till Santiago. Hon hade
en kille kompis som sällskap. Jag behövde ta hand om mina egna
känslor. Jag ville ha sällskap med mig själv.

En hel del människor vandrade i egen frustration över livet och
deras tankar gick i full galopp hela tiden. De hade tagit med sig sina

vardagsbekymmer dit för att lösa men de stagnerade energiflödet, i stället för att söka frid och tystnaden som fanns över allt där. Vägen från Ortega mot Burgos blev jobbigare för mig, det gick inte längre att sätta foten i marken.

EN KORT HISTORIA OM SAN JUN DE ORTEGA

San Juan var en lärjunge till Santo Domingo de la Calzada,På sin pilgrimsfärd till Jerusalem, välte San Juans båt i en storm; han bad då till San Nicolas.

San Juan klarade sig med hjälp av ett mirakel. När han kom tillbaka till sin hemstad "Villafraca Montede Oca", byggde han värdshus, broar och kyrkor; även förbättrade pilgrimsvägarna. San Juan byggde också ett kloster som senare kallades Ortega (nässla på spanska). Kyrkan; " Iglesias de San Nicolas " i Ortega byggdes av honom; vilken slutligen förblev han begravningsplats. San Juan sista önskning var bara en enkel sten på hans grav. Senare, när drottning Isabell av Kastilien blev med barn efter sitt besök av San Juan, som tack, byggde hon upp hans Grav med en gotisk still. Drottnings Isabell fick till slut tre barn. I Ortega hade härbärget varit redan fullbokade, och trots att mina ömma fötter inte längre kunde bära min kropp blev jag tvungen att försätta mot den vackra staden Burgos. Efter jag hade tillbringat två nätter i byn AGE` kände jag plötsligt stark oro över att räckena ut dagarna så att jag kunde hinna fram till Santiago och inte blev kvar på vägen. I den byn -AGE´ hörde jag folk talas om att man kunde besöka etnografiska museum i

54

Atapuerca - 2,6 km ifrån själva byn Age´ -Det fanns även möjlighet att anmäl sig för en buss utflykt till utgrävningarna i utkanten av Atapuerca (12 kilometer i från byn Atapuerca). Här som en pilgrim kunde man utnyttja sitt pilgrimpass för ett billigare inträde till museum. Jag missade själv den chansen på grund av ledigheten över helgen. Musett var helt tänket stängt. I närheten av Ages i den lilla byn Atapuerca, fanns ett stort antal kalkstensgrottor som var tydligen sevärda; sedan miljontals år hade människor och djur sköt skydd i dessa grottor. Där hade man hittad mängder av fossiler; Den äldsta fossilen var cirka 800,000 år gammal. 1898 en brittisk Company upptäckte spåren efter grottorna när de var på väg att bygga en järnväg genom hela regionen. År 1910 upptäckte forskare flera tusen år gamla grottmålningar. Atapuerca förblev en av de mest betydelsefulla arkeologiska fyndplatserna i Europa och för närvarande står platsen på Unesco:s världsarvlista. I den lila byn Ages drömde jag mig bort att köpa ett hus och bygga om det till en andlig verksamhet för att servera människor som vandrade längs vägen till Santiago. Jag skulle vilja syssla med något som hade en högre nivå av en andlig innebörd. Jag önskade bli kär igen och uppleva tonårskärleken på nytt och sväva i molnen.

BURGOS

Tisdagen 4 Maj 2010, var jag ensam på väg till den vackra och mysiga staden Burgos. Innan Burgos i Cardenuela Riopico tog jag en paus, jag gick in i en bar, för toa besök, äta en Sandwich och ta ett glasrödvin. Barägaren på stödde i början att bjuda på ett Rose och tortilla men vilken slutade med att han tog betalt för det. I Villafria, i närheten av Burgos betalde jag igen 2,5 euro för ett glas vin. När jag lämnade baren och kom jag på gatan, då passerade förbi mig en polis bil; de var så trevliga och vi skojade med varandra över att ta ett glas vin för att orka med den långa vandring till Santiago. Klockan blev 14 när jag väl kom fram till Burgos. Jag satte mig igen i en bar och åt min pilgrimmat för 7,50 euro.

Härbärgen i Burgos var nybyggd och ganska stor, den hade olika våningar. Den stora Katedralen, Santa Maria låg i närheten av Härbärgen; och dit droppade in ett stort antal pilgrimer. För min övernattning där betalade jag 3 euro. På natten vaknade jag av kylan och ångrade mig att jag hade skickat sovsäcken, min kontaktperson Aina i Vad Stenarna gav mig råd att bygga upp ett litet tält i min säng så att jag kunde isolera kropps varme och hålla mig varmt över natten. Det verkade lättare att säga än utföra det. På grund av kylan orkade jag inte besöka kyrkan. Kylan tärde på min själ, jag tyckte inte om den. Det rövade bort min glädje, jag hade ont i både halsen och i min muskel, och kände mig hängig och trött. Den dagen hade jag en konstig känsla i ögonen, jag märket att min syn hade plötsligt blivit bättre utan att behöva bära mina glasögon.

KÄNSLOR KOKAR UPP PÅ YTAN

Jag kände oro över om mina pengar någonsin skulle räcka till hela vägen ut. Jag beslutade med det samma att låta bli det; med en övertygelse om att det skulle ordna upp sig till slut. Den enklaste vägen för mig var att inrikta min Focus på pilgrimsfärden och undvika oron. Här erkände jag den demonen i mig; ett hemskt monster som hade jagat upp och förföljde mig hit tills, sedan barnsben. Jag växte upp nämligen i en extrem fattigdom, min mor var tvungen att ta hand om 7 barn ensam på egen hand; far jobbade mot en liten penning och levde hela sitt liv i en annan stad längre bort ifrån familjen under hela vår barndoms tid. Mor var ständig orolig över att klara av att mata oss med den lilla blygsamma summan som han kunde skicka hem då och då. Den demonen infekterade djupet av min själ; och ju äldre jag blev desto starkare fotfäste fick den av någon anledning.

Min själ nystades i ett mörkt och oförklarligt nät av rädslor, barndomens glädje förvandlades till en ständig omedveten och oförklarlig oro vars saga hade ingen slut. Här i Camino släppte demonen inte sitt grymma grepp om mina tankar och min själ; den visade sitt grymma ansikte gång på gång; den rövade bort min ro och infekterad min fokus Här insåg jag tydligt att den hade varit min akilleshäl hittills vilken var ju i själva verket en fri och öppen Port till trygghet, Lugn, harmoni och lätthet (Eas) i livet. Min ända lösning blev; erkännande av den demonen så att kunde behärska mina rädslor och ångesten. Detta sår visade ju naturligtvis brist på tillit, den urholkade min självempati och själv känsla; och tömde mig på livets kraft och gav en ytlig syn på livet i allmänt drag; att utesluta en människa i en Material värld är ju att dela den mitt itu och göra den ostadig och missnöjd. Här i från hade jag 500 kilometer kvar till Santiago.

Så här hade jag noterat i min dagbok: den bästa, vet jag inte om vad det är, men det enda som behövs är ju att ta ett beslut i samma moment som problemen dyker upp; resten borde lämnas åt till de osynliga krafterna. Den dagen den sorgen. Jag skulle inte behöva oroa mig i för väg men huvudet tyvärr körde på sitt race i förväg. Jag satte mig på ett café och skrev i min dagbok.

Jag hade velat bytta mitt vandrarhem för att hittade någon lugnare plats att vistas i. Jag köpte en 4 GB chips för min Camera på 20 euro. Vädret spelade olika toner på sin lyra; ibland regn och ibland rå kyla. Ingen av dessa toner gjorde mig verken pigg eller glad. Jag behövde dessvärre köpa ett par nya skor. Här öppnades affärerna vid klockan tio. Jag och Milagros hittade ett litet vandrarhem intill centrum; i närheten av den vackra katedralen. Här samlades en sjö av känslor inom mig och det var början av en dramatisk upplevelse som jag verken ville förstå eller hade lust att gå genom. Det var ju nog med allt som jag hade samlat och burit på sedan de tidigare åren.

Efter ett samtal med några män från Argentina i föregående kvällen kände jag enorm sorg över mitt svåra liv i Sverige. Det hade ju varit ett på kostat live. Jag fick betala ett hög pris att söka skydda för min överlevnad i detta land på grund av ett pågående diktatoriskt styre i hemlandet. Det kändes att det samhället hade svikit mig. Jag hade förlorat familjelivet, min utbildning, mitt yrke, hälsan och till slut mitt hopp över att bygga ett tryggt och ett givande liv för mig själv och för mina barn. Jag kunde inte hitta något svar på min fråga; varför en immigrerade person hade mindre värde för att vistas i annat land och ta ett aktiv deltagande i det nya samhället. Vad var felet? Jag hade ju givit järnet för att ta mitt ansvar som ett aktiv samhälles medborgare; för att skapa ett trygghet åt min familj, men i stället blev mitt liv helt upp och ner på grund av att jag var en ny samhällsmedborgare som ivrig ville ta sin plats i samhället .Jag hade strävat efter att skaffa ett universitet utbildning i Sverige under många års svåra omständigheter men samhällsstruktur och systemet svek; jag hamnade i allt svårare livs kris fyllde av ångest, depression och självmords tankar, som ledde till allt mer destruktiva beteende, jag blev totalt tom på själva känsla. Jag ute lämnades ensam och vilse i mina sorger och förluster.

ÅNGEST OCH FÖRTVIVLAN

År 2000 vid så kallade millenium skiftet blev jag tvungen att åka in och ut på Psykiatrins akut mottagning på Huddinge sjukhus gång på gång ; min älskade lilla flicka fick höra ångest laddade uttalande från doktorer vars råd satte svåra spår i hennes själ för hon kunde varken förstå hänga med deras ord eller förstår mammas sjukdom, allt som hon upplevde lede till ännu starkare oro och ångest i skol tiden varje dag ; hon kom aldrig att glömma vad läkare på psykiatrin sade till henne mitt i natten att hon borde ta ansvar för att gömma alla knivar och vassa föremål så att jag, hennes mor inte skulle ha tillgång till för att begå själv mord under den ljuvliga juletiden . Senare avslöjade hon att hon var så motvillig att komma hem från skolan för att se sin mor upphängd på taket.

Längs vägen skickade jag min fråga till de osynliga krafterna för att få ett klokt och rättvist svar tillbaka. Jag ville svar på: Varför jag hamnade överhuvudtaget i det här främmande landet i Sverige som förstörde alla mina drömmar och ökade på mina traumatiska upplevelser, vilka i sin tur ledde till många svåra smärtor och fysiska symtom; sänkte min värdighet som en själv ständig och fram driven människa; som en kvinna som var född till en kämpare och revolutionär. Den underbara världen var ju öppen för mig för att ta min plats, ingen hade rätt att stoppa den drive kraften och slå ner den. Jag skulle vilja veta varför min mänskliga strävan stoppades och i ställt slutade till urholkning av familj livet och skilsmässa; Jag som älskade mina barn mer än allt annat i hela världen. Varför behövde jag möta så många ofattbara motgångar för att ville ta mig fram i samhället. Jag hade ju ett normalt och mänskligt utseende, jag hade varken horn eller svans eller deformerade ansikte, jag kom inte från en annan planet, Jag var verken en skräckfigur; eller en utomjordning för att bli psykisk misshandlad av det här samhället. I samma stund som dessa frågor flög iväg i luftbubblor ute i rymden, kände jag en enorm ångest med stor saknad av mina kära och nära och stora tårar gled ner på kinderna.

JOSE ABUELA I BURGOS

5 maj2010 När jag kom till det nya värdshuset, var klockan 9 på morgonen, här mötte jag Milagros på nytt, vi umgicks igen. Jag och Milagros satt i ett café i närheten av vår nya Albergue och drack kaffe. Jag fick sällskap av henne för att köpa ett par skor och en ny sovsäck, det var så ovanligt kallt så jag blev tvungen att köpa även en mössa, ett par nya handskar, förutom allt detta behövde jag en långarmad blus vilken skulle höll mig varmt på nätterna när jag sov. Jag fick gå till Farmacia för att köpa en sådan.4 maj hade vi gått runt den vackra kyrkan i Burgos men batteriet till Kameran hade tagit slut; då blev inget foto den dagen. 5maj bestämde jag att gå på en utställning av Romano Goya. På grund av kylan hade jag så ont i kroppen så det gjorde mig gråtfärdig; höstvinter tiden i Sverige kändes igen på nytt här längs Camino de Santiago. Här blev jag igen så kraftlös som om någon hade sugit ut all mina krafter ur min kropp. Det kändes att någon mot arbetade mig och hade så negativ påverkan på mig; den hade även kontroll över och dominerade mig. Det verkade att jag sög i mig alla de dåliga energierna som virvlade rund om kring mig. Innan möte med Milagros, var jag i toppform men när hon var i min närhet, gjorde hon en smutsig röra av allt. Jag var för tvivlade för att hitta en lösning så att kunde bli av med henne igen. Jag hade bestämt mig att stanna kvar hos vår husvärd Jose en dag till. Milagros ändrade plötsligt sina planer och stannade kvar Jose rekommenderad oss att besöka Burgos museum; av sjätte våningar i musett; hann jag se 5:e våningen, tid hade rusat i väg och jag hann inte se den modern konsten vilken jag gillade jättemycket.

Jag insåg att Milagros var en kontrollantmänniska och detta väckte min uppmärksamhet; hur i hela världen kunde det vara möjligt att stötta på en sådan människa här längs Camino, och Jag hade ju haft otaligt exempel runt omkring mig tidigare i mitt vanliga liv som jag inte var uppmärksamt på heller.

Jose och Milagros bjöd på mat och jag bjöd på frukt och bröd. Jag frågade Jose om han hade en varm jack att låna ut. Han kom senare med en fin fleecetröja som kom till nytta hela vägen ut, sedan tog jag den hem som ett minne. Jose var lite äldre än oss och ensam sköte allting på den fina Albergue så vi båda två hjälpte honom under de dagarna vi hade stannat kvar där. Jose var mycket kärleksfull mot mig. Milagros visade sin ohyggliga sida här; hon reagerade öppet och kastade skit på mig framför Jose.

JOSE OCH JAG

6 MAJ 2010 Jose spelade gitarr för mig och jag fick dansa med honom sedan dansade jag tango med en spanska tjej medan han spelade på sin gitarr. En annan dag när en blondin kom in till vår albergue. Jose presenterade mig för henne som sin nya kärlek även sin nya fru. Jag och Jose växlade e-mail senare. När jag var förtvivlad över Milagros beteende då tog Jose fram sin gitarr och spelade för mig den underbara sången: " Besame, y Besame mucho " den sången skulle beröra mig fram över i resten av mitt live.

62

Från min dagbok: "Jose är en underbar person, synd att han inte är i min ålder Han är en levande bok som jag har läst tidigare, Han är den person som jag själv borde vara. Han säger saker som jag skulle behöva hör gång på gång och blir påmind om. Jose ville gärna att Milagros ger sig av; han insåg att jag inte skulle ha sällskap med henne. Innan Milagros hade givit sig i väg, Fick jag en egen tid med Jose, han erbjöd mig att stanna kvar några dagar till; jag fick över natta i andra våningen. där han själv sov på nätterna. Vi pratade en hel del med varandra, han kände igen mig och analyserade mig ganska väl och på gott sätt. (När två själar möts uppstår bara ljus för alltid). Jose tyckte att jag borde undvik män som vill utnyttja mig på grund av min godtycklighet. Han påstod att kärleken var nödvändig i vårt liv. Så småningom blev tydligare att han själv bar starka känslor för mig och jag blev lite irriterad över. Jag hade verken tid eller ork att bära på mer än mina egna känslor. Jag var väl bered för att ta hand om mig och känna mig fri även om det var första gången i hela mitt. Jag vandrade vidare och mellan åt var jag nöjd och glad över livet, vinden förde med sig en mjuk och kärleksfull hälsning och tacksamhet från mina föräldrar och från ljuset i fjärran; mina älskade barn var jätteglada för att de hade fått sin välsignelse av mig.

Jose påminde mig hela tiden att vara i stunden; att vara glad, Att inte tänka på den förflutna, inte heller på det som skall komma, utan bara vara här och nu, Eter ett telefonsamtal hemma i Sverige, blev jag plötsligt orolig, Jose avläste oron i mitt ansikte och gav mig råd att lämna över min rädsla till de okända krafterna för att transformera. Jose var en visman och visste mycket om livet. Jag kände mig som en liten flicka som behövde gärna omsorg. Han insåg att våra rädslor var vårt hinder för att nå oss själva, att nå vår totalitet till Nirvana. Han verkade så övertygad om att olika begrepp så som Gud, medium, psykolog och religion handlade bara om oss själva. Han avslutade sitt sista ord den dagen så här: Ta vara på din inre för ingen annan skulle kunna göra jobbet åt dig, du har bara dig själv. Efter en sådan lång diskussion kändes lättare att Milagros hade gått i väg och lämnat mig i fred.

6 maj 2010   på eftermiddagen skickade jag en e-mejl till Aina i Göteborg. Till lunchen hade vi Lentega soppa (Linssoppa) med kyckling. Jag fixade fruktsallad och vi åt alla tillsammans och små pratade litet stund. Sedan gav jag mig i väg för att se Goyas utställning. Jag kunde inte förstå hur Jose kunde se min inre så tydligt, och lätt synligt. Han var underbar och levde ett fritt liv, Han berättade att på vinter skulle han drag till Sant Domingo i Dominikans Republikan, han levde 6 månaders intervall i Spanien och 6 månader På den Republikanska halvön. Det var ett idealt liv, så önskade jag gärna ha det med. Jag förstådde nu var hans glädje kom i från. Vi försatte på vårt samtal, på eftermiddagen orkade inte hålla tillbaka mina känslor så jag kastade mig i hans famn och grät jättemycket av hela mitt hjärta. Det verkade som om att han hade fångat livets alla godsidor och nu vill han med öppna armar överföra sina erfarenheter till mig och kanske hade ett hopp att dela sitt liv

64

med mig Det kändes ännu mer märkligt att Spanien hade kallat mig till sig i olika tillfällen sedan mitt första besök. Även min kropp levde här i Sverige men själen längtade dit jämt och ständigt.

INSIKT

År 2003 fick jag insikt om att jag skulle definitiv kunna flytta till Spanien för att leva resten av mitt liv där. Men för Varje gång hade jag velat ge mig av hänt något som hindrat mig att svara på den kallelsen. Jag har alltid känt mig hemma i Spanien; där var jag alltid den glada lilla flickan som någon gång hade varit som litet barn. Spanien hade berört min inre så stark som om jag hade speglade mig i en spegel och upptäckte mig med all inre och yttre skönhet och godhet. Jag behövde aldrig någonsin en förklaring till det. Det räckte med den enorma glädjen av hemkänslan.

Jose var på och vände allting upp och ner för mig. Han tyckte att jag hade stagnerat i min utveckling och skulle behöva förändras, jag borde explodera, fritt göra mig och blomstra ut. Jose läste av min törs och längtan efter kärlek; till sist kastade han handduken på marken framför och sade sina sista ord att jag inte hade någon gång blivit älskad i mitt liv.

DEN UNDERBARA JOSE

Citat från min Dagbok: Jose säger att jag hade blivit använt som en sked av alla; mor, far, bröder och den man jag så älskade, även mi hijo (son), y mi hija (dotter). Jose utmanade mig att gå fram och

65

lämna allt bakom dig. Jag höjde min röst och sade till Jose ger mig tid för att gråta, jag behövde luft att andas. Jose tog mig i sin famn och tröstade mig. Jag ville ha kärlek jag ville uppleva livets glädje. Jag borde ju vara bland de god och glada människor, inte liknade människor som Milagros som drog mig ner på marken och utmattade mig. Jose såg både min potential, längtan och behov av egen explosion; och det var bara jag som skulle välja min väg och skapa den förändring jag behövde i mitt liv. Jag borde leva och glädjas åt den stunden som erbjöds, resten var väl meningslös. Jose var den jag kunde tänka mig bli eller vara; och leva livet allt efter som min själs behövde och begärde. Han själv levde som en fri fågel, utan något beroende. han levde efter hur han kände och ville dagligen.

Jose hade egentligen lämnat den materialvärlden och tagit sig ur dess fångenskapen. Han ägde inget hus. Inga andra ego delar; fylld av en strålande glädje och gladde han sig åt varje moment som gled fram till honom under dagen. Nuet, det var hans ego del. Han ägde friheten. Han hade träffat sitt hjärta. Efter en liten stund tystnad, sade Jose till Mig; Adelante chica, (gå fram tjejen) lämna de döda som har passerat förbi och går fram åt. Gud var bara vårt hjärta; citerade han, med detta, stirrade han skarp i mina ögon och tillade att jag var ung och förtjänade att uppleva den totala glädjen i detta liv.

Mitt citat av dagboken: Joses ord påminner mig om Annett (healer i camino) som hade sagt till mig så här: Du verkar vara så rädd för glädje, du måste ta den i handen som om du håller ett rött äpple och sätter i den dina tänder, biter i och tuggar och suger i dig allt vad den har för att ge dig. En gång reagerade Jose på mina avvikelser från honom; jag orkade inte längre vara med andramänniskor. Han tyckte att jag inte kunde hantera andras problem, jag behövde umgås med mig själv och varna om mig. (Man undrar vem jag möte då, det var starka ord för mig att höra). Milagros behövde en annan person att vara med, sade Jose, han tyckte att jag borde ta avstånd från henne; Hennes energi hade tydlig inverkan på mig. Hon var i vägen och störde det som skulle komma till mig; hon var inte rätt person för mig att umgås med.

Så här hade jag skrivit min i dagbok; Citat: Jose säger att jag borde nå min inre; så att jag kunde känna egen styrka och blir mitt riktiga jag. Jose säger: "Du ser mycket snäll ut och människor dras till dig, Du måste våga säga nej till andra du möter" - slut på citat. Det var så klart och tydligt att jag hade hela tiden svårt i mitt att säga nej till andra och avvisa det jag inte tyckt om eller inte ville ha, Som en flicka i ett patriarkalt samhälle var man ju oundviklig tvungen att inte tänka på sig själv och i stället bara tänka på andra i första hand. En tjejs öde präglades ju ofta av att hålla sig undan; vara tyst och bli en osynlig figur. En flicka var ju redan dömd att inte inkludera ordet "nej" i sina vokabulärer likaså skrattet. Otaliga år av pålagor borde passeras förbi tills hon kunde vakna till för att inse sin likvärdighet med alla andra människor; särskild med män och sin mot satta kön. Hur som helst kände jag mig enorm tacksam över att jag hade träffat Jose i min väg, det var väl behövligt råd som han gav mig, jag behövde inrikta uppmärksamheten på mitt mål och fortsätta vandra vidare mot Santiago, det gällde nu att sikta in och fokusera mig på hjärtat och på den som jag hade velat göra utan någon tveksamhet eller rädsla. Här besvarades många frågor. Det gällde bara att varna om lärdomen. Denna dag bad jag om att uppleva den riktiga glädjen i mitt hjärta. Nu efter en månads vandring kände jag mer ro och harmoni i mig själv och andras energi infekterade inte lika mycket som förr. Det blev dags för mig att lämna Burgos och den underbara visemanen Jose.

Min ryggsäck var tung, klockan 9,30 gick jag i väg, men innan dess hjälpte jag Jose med hans dagliga sysslor i värdshuset, klockan 10 gick jag med Jose till ett närliggande kaffe och vi drack kaffe` tillsammans.

DAGS ATT LÄMNA BURGOS

Jose visade tydligt sin sorg över att jag skulle lämna honom, och han visste om det; han var ju en själmästare; han hade givit mig så mycket kärlek så det kändes befriande att komma i väg, Jag hade svårt att ta till mig hans kärlek för han älskade mig så stark och jag var främmande till hans förtrollande värld. Hans kärlek var äkta., men jag var verken redo eller hade tid för att släppa in honom; jag var så långt borta från hans goda hjärta och kärlek. Om jag hade

68

givit efter då skulle det innebära att jag sålde mina planer och svek mitt löfte med mig själv. Det ville jag inte göra. Jag gick min Camino för att få kontakt med mig själv; för allra fösta gången, jag drog mig i väg för min egen skull inte för någon annan. Jose var medveten om sin hälsa, om sin sömn; jag frågade aldrig honom; det kändes att han bar en Pacemaker. Jose berörde mitt hjärta mycket och gav mig enorma kärlek med sina ord utan att beröra min kropp; även en fingertopp eller en ofrivillig kram. Han sade till mig dagen innan; att jag måste veta vad jag tycker om att göra, att vara i stunden och njuta av den, vara glad," Estas feliz"(var nöjd), varje morgon och kväll innan jag somnar och innan jag vaknar borde jag meditera och samla kraft, han påstod att mitt skulle förändras enorm efter bara tio dagar. Kvällen innan vi satt och pratade mycket med varandra.; Citat från dagboken: Män tycker om dig för de vet att de kan driva och köra med dig, de gillar att bestämma över dig för de tror att du är billigt, jag brast genast i gråt och jag fick en Flashback över min live Jag kände att jag hade sålt mig själv under hela mitt liv.

RABE DE LAS CALZADAS

Jose tyckte om mig, hans namn klämmer på mitt hjärta för alltid. han förblir en underbar, unik man, En fantastikperson som för första gången någonsin i mitt liv stötte och utryckte sin djupa kärlek till mig. Jose var älskade mina ögon.

Det var dags att lämna Burgos för att vandrade vidare mot Rabè de las Calzadas, på 12 km, Jag grät hela vägen dit och bad igen för att få frid i mitt hjärta; för att få Courage att göra min egen lila flicka lycklig i detta liv och aldrig någonsin skulle jag låta någon köra över mig. Jag kom till Rabe och sökte efter en adress som jag hade fått av en cyklande kvinna som hade passerat längs vägen när jag var mest sårbar och grät av hela hjärtat. Det var svårt att lämna Jose och han visste inte vart jag var på väg. kvinnan gav mig en konstig känsla, jag vägrade prata med henne; från den dagen fick jag lära mig att; det var absolut omöjligt att värja sig och inte blir berörd av olika energier längs Camino, det var tydligen inte heller möjligt att låta sig andra bestämma över en om man inte själv med gav till det. Kvällen innan lämnade jag Jose och gick jag ut på en bar i närheten för att ta lite avstånd, När jag var tillbaka då var han inte glad alls. När Jag ville bjuda honom på en tappas; blev han själv försvunnen. Hos Jose hjälpte jag till med expeditionsarbete, där var bara en frivillig donation för att sova över, efteråt fick man stämpla i sitt vandrings pass. Det var en enorm välsignelse att få en sådan chans mitt i vandringsleden. Här avslutades mitt kapitel i Burgos och mitt möte med Jose. Jag borde förbereda mig att inte låta någon skälla min vilja eller min medvetenhet som hade vuxit till sig och blivit allt starkare efter mötet med Jose, min vilja borde ta sin plats. För den var jag, ingen någonsin hade rätt till den. kunde män inte se eller acceptera den och gillade att utnyttja mig då borde de dra åt skogen....

WILLIAMS SISTA ANDETAG

I Rabe` de la Calzadas var alla albergue upptagna; jag gick till ett privat härbärge som var omhändertagen av ett par. Manen var på en årskonferens vars syfte var organisering av Camino de Santiago; hans fru sköte värdshuset. Mot sen eftermiddag droppade in några andra pilgrimer; Efter sedvanliga rutiner som duscha och tvätta, och vila; blev dags för vår gemensamma middag. Vi var fem personer vid matbordet och vi åt en god middag, vi pratade om många olika saker, jag satt bredvid en äldre man som hade ett fint och välskött skägg och gärna pratade på om sina erfarenheter i kriget i Indonesia, han hade kommit från Skottland, och skulle möta sin fru i Burgos om några dagar för att fria en födelsedag. Bland oss var en fransman, han hade tydligen sällskap med William över det höga berget, Det höga berget som flesta var förskräckta över att ta sig genom.

Innan vår middag hade jag fått syn på William hur stressad och upptagen han var över att skriva många kort till sina släktingar i England. Han försatte med den stressen vid matbordet och pratade på tills det blev dags för vår dessert. Värden hämtade en stor skål fyllde med valnötter och ställde den mitt på bordet utan någon varning om det hade funnits någon allergiker bland oss. Medan vi alla åt, drack och pratade, drog William plötsligt en stark suck och föll i hopp på mina armar. Han blev genast tyst och stel. Jag bad de andra att lägga honom på marken och frågade om någon visste om William var allergiker. Ingen visste om det. Den fransmannen som verkade vara ett medium eller en healer, tog fram något för att ta plusen på William; han konstaterade genast att William var död. Jag fortsatte med hjärte massage på William och bad om värden att ringa efter en ambulans men så fort alla fick klart tecken att William inte hade någon plus då backade alla. Efter liten stund vår panikslagna husvärd ringde efter ambulansen vilken kom ganska för sent. De försökte också med hjärtebehandling och de bekräftade att vi borde ha hjälpt William med hjärta behandling även om det hade dröjt för ambulansen att komma fram i god tid, Nu blev det så för sent för att få liv i hans kropp. I den oavslutade röran och i vår värsta panik kom hennes man tillbaka. Han gav oss några lugnade tabletter och förde bort oss från den salen där låg William livlöst.

Värdshus ägaren konstaterade att William hade blivit en Ängel i Camino och han skulle senare sätta ett minnesmärke för honom där han satt med oss vid matbordet. Jag hörde senare av den fransmannen att William hade druckit starka dryck längs vägen; särskild på det höga berget i Villafranca Monte de Oca och han hade gått för fort. Han påstod att detta hade varit mycket ansträngande för en äldre man vid 70 årsåldern.

Här insåg jag själv hur okunnig man kunde vara för att ge en akut hjälp som hjärta behandling för att aktivera ett hjärta och behålla det levande.

8/5 2010   vid klockan 8,30 gick jag i väg från Rebe` mot Hornillos del Camino.   klockan 10 och 30 var jag där, efter frukost och toa besök gick jag i väg mot Castrojeriz för att leta fram en liten vattenkälla vid San BoL; den borde ha varit 5 km i från Hornillos del Camino mot lilla byn Hotanas. Man sade att de pilgrimer som tvättar sina fötter i den helande källan (i San Bol) skulle inte få några fotbesvär ända fram till Santiago. Tyvärr lyckades jag inte med att hitta källan. Lokal befolkning sade att det var i Hotanas, men det var svår att hitta dit och ingen gick ditåt mot San Bol.

Jag var framme till nästa byn Hotanas, I ett litet café` beställde jag en kopp kaffe, killen som jobbade där bodde i Castrojeriz,; han berättade att inte fanns någon plats för övernattning på härbärgen i Hotans; så han erbjöd sig själv att köra mig till "Monasterio San Anton", den var också stängd, jag tackade honom och fortsatte mot Castrojeriz. klockan 17 på efter middag var jag framme. Det fanns inte heller någon plats för en övernattning där, istället en hund kom fram, jag frågade hunden om han skulle tänka sig övernatta med mig under en bar himmel därute; i samma ögonblick dök upp en fotograf och passerade förbi oss; han tyckte att jag skulle försätta gå längre ner i byn i stället. Ett spanskt par följde med mig. Vi kom till en folkmassa, plötsligt en spansk man räckte fram 6 euro till mig för att gå till en albergue. Jag avvisade pengarna, i ställt bad jag honom att hitta en albergue , En annan man ställde upp. Han körde mig till en camping; den var stängd på grund av kylan, till slut körde han mig tillbaka till Hotanas igen, där hittade vi en plats till slut; hade vi kommit 20 minuter senare då fanns inte någon plats alls.

Carlos var min ängel denna dag: Han strålade av godhet. Carlos var så öppen, varm och snygg. Hans vackra blåa ögon tindrade av enorm kärlek, Jag kände mig små kär i honom. Carlos bjöd på café och cafeteria tog inte betalt. Jag upplevde att jag kände igen honom sedan tidigare, hans doft, väckte min kvinnliga insikt och institution. Känslan var behaglig och underbart även om det varade för en sådan kort tid. En röst viskade till mig; ta emot hans hjälp, njut och var glad över stunden. Jag frågade honom om härbärgen var hans, då sade han att han hade ett hotell i Castrojeriz, men hotellet gav inte så mycket utkast och han var på väg att stänga den för nästkommande år. Dagen därpå vi klockan 9,30, skulle Carlos köra mig tillbaka till Castrojeriz. Vi kramades tight och gav honom en kyss vid vårt avsked. På kvällen fick jag dela ett rum med en ung spansk tjej, jag hade ingen lust att laga mat så jag gick till en restaurang och åt min middag, Till maten beställde jag ett glas Vino de Casa. Jag åt min glass, borstade tänderna och jag sov tills morgonen grydde på nytt. Denna dag var för mycket folk på vägen.

När jag vandrade vidare kände jag plötsligt en varelse med vingar komma mot mig, han gav mig två, tre barn för att ha med mig till Santiago sedan William från Skottland visade sig och sade att han beskyddade mig och ville hjälpa mig och alla mina kära och nära som jag hade bett för dem under hela min vandring. Jag tackade

74

honom innerligt. David hade suttit ute och skissade med sina touch pennor väldigt enkel och snabb. David kom från Australien, han var med oss när William gick på andra sidan. David tyckte att detta var Willams gåva till honom, Jag fick se några av hans måleri och de var fantastiska. Jag satte mig också därute en dag någonstans längs vägen och målade. Mina pennor var små och ganska tröga för att måla med.

Jag kände mig nu ganska stark och glad. Redan mitt i vägen upplevde jag enorm kraft inom mig. Jag var i kontakt med änglarna och de ville att jag skulle koppla mig till dem. Det var en enorm energi nu runt omkring mig. Ett citat från dagboken: "Jag kommer att ha svårt att göra någon healing på människor eller göra något gott i Camino för pilgrimer".

Jag kände av att det lyste om mig, om någon hade visat känslor eller blivit intresserad av mig då skulle jag inte förvåna mig alls. Jag älskade min aura och ett starkt ljus omfamnade mig

EREMITA DE SAN NICOLAS

8 maj 2010 lämnade jag Castrojeriz mot Formista. Jag hade inte gått så långt för att uppleva någon andlig upplevelse. Medan jag vandrade, fick jag syn på Ermita de San Nicolas cirka 9 km från Castrojeriz . Ermita de San Nicolas var ett populärt härbärge strax före bron över sjön Rio Pisuerga.

Byggnaden var från 1200 talet och den byggdes av ett italienskt sällskap. Här kunde man få en upplevelse av medeltiden för allt ljus och varme kom från levande ljus och saknades elektricitet. Min själ längtade efter en upplevelse och här fick jag vara med om en unik och berörande upplevelse; som pilgrimer blev vi tvättade och kyssta på fötterna allt eftersom vi hade haft vår fantastiska bön med dess ceremoni. Vi blev välsignade all ihop. Det berörde mitt hjärta enormt och jag fick tårar i ögonen. I Hotanas var jag med en tjej som hette Beatrice, Hon hade hunnit hit och befann sig i samma albergue som jag hade kommit till helt intuitivt. Beatrice var så desperat för sina knän trots att hon hade varit i San Bol och fått healing och de hade sjungit och bett för henne. Jag insåg att jag måste ta avstånd från henne här, För hon verkade vara manipulativ, Jag ville inte ge henne min kärlek och energi, tyvärr en del människor hade för vana att tigga andras kärlek gratis här längs vägen. Här visade hon sig stöddig och vägrade hälsa, jag hade ingen lust med den spelen och ignorerade henne.

En Hospitalero som jobbade på den italienska albergue tog foto på alla som kom in och på de som skulle ut där ifrån. Han tog den malliga tjejen som fotomodell i sol och i skuggan, han verkade själv belåten med sin sysselsättning på denna dag. Vid middagsbordet väckte jag andras uppmärksamhet utan någon avsikt.Kocken, Alexsandro hade gjort en underbar förrätt till vår middag men han var inte så säkert på sitt fina arbete; när han hörde mina hedrande ord för sin matkonst, tackade han innerligt och blev överlycklig.

Kvällen bar en full måne på den vackra himlen och den lyste av vimlande stjärnor. På sen efter middagen Kom Alexsandro fram till mig och erbjöd på en stjärnskådning utanför den lilla klostren men jag tackade nej.

På natten blev ganska kallt därinne så Jag tog på mig alla mina varma kläder för att hålla mig varmt så att jag kunde sova. Dagen därpå tog fotografen några foton på oss innan vi skulle ge oss av, Jag fick ett kort stundsällskap av Alexsandro; hans ögon dränktes i tårar när vi skildes, han sade till mig att det hade varit jätteviktigt för honom att träffa mig. Varje gång upplevdes så jobbigt för att skiljas från dessa underbara människor vilka hade lämnat sina vanliga live för att servera pilgrimer längs Camino de Santiago.

Härifrån siktade jag mig mot Fromista, jag hade 110 km till staden Leon; Från Leon 240 km till Santiago, från Santiago 90 km till den magiska lilla staden Finistere; Om jag bara hade vandrade 12 km per dag då skulle jag vara framme till Santiago i god tid i alla fall.

EN SPÖKEBY

10Maj 2010 hade jag lämnat " Ermita de San Nicolas", och gått förbi Fromista; efter kort besök av den vackra kyrkan; fann jag mig i " Poblacion de Campos". Den var på 16 km och jag kände mig ganska trött i benen. Fromista, var en viktig plats under medeltiden. Fromista betyder säd på italienska, för i landskapet odlades säd. Under 700 talet blev staden förstörd av morerna. På 900 talet kom

munkarna och bo satte sig där och byggde om staden på nytt. I
Fromista träffade jag en grupp cyklister från Belgien, Jag fick
mycket kärlek, mat och kakor, de hade cyklat 150 km per dag, bland
de fanns en kvinna i 64 årsåldern.

I den lilla spöke byn" Poblacion de Campos" fick jag äta löksoppa,
för jag vägrade ha griskött och hittade inget annat; så blev jag
tvungen att äta soppan trots att det besvärade min mage. Här betalde
jag tre euro för övernattning. Lite senare kom ägaren fram till mig
och bad mig om hjälp för att kunna lyckas med sin business, jag
rekommenderade henne att hon skulle rensa sitt hjärta och göra goda
saker för andra så att hon kunde bli nöjd och vara lycklig med sin
familj. Jag hade hittat ett speciellt värdshus i den ruinerade staden,
där inne träffade jag Juan som hade börjat sin Camino från Hontana.
Jag tog en promenad med honom och vandrade runt. Överallt var
stängt, trasig, tomt och skrämmande. Staden var sviken av sina egna
invånare, den påminde om krig, sjukdomar och elände. Juan och
några andra pilgrimer från Frankrike var oroliga för att hinna med
sin vandring i tid; det här påverkade mig också; så jag började bli
orolig för min egen del. Jag hade gått tre veckor och mina fötter
mådde inte bra, jag hade redan missat 4 dagar i " Burgos" och tre
dagar i " Santa Domingo". Det kändes tuff; jag gick och gick men
kom aldrig fram. På natten planerade jag för att gå 30 km per dag
men Jesus -Maria avrådde mig.

11 maj gick jag 16 km mot" Carrion de Los Condes". På vägen dit till Carrino, blev jag lockad av en fin Music som kom från ett café i " Villamentero de Campos ". Jag gick in på deras gård och dansade i 20 minuter sedan gick in på caféet och drack kaffe och stämplade mitt pilgrimpass. Jag tog ett foto tillsammans med Jesus Maria och köpte vatten. Sedan fortsatte jag på min vandring. Det regnade i hålig och det var fuktigt över allt. I Monasterio de San Zoilo, lite längre bort från Carrion de los Condes, fann jag ett hotellrum på 45 euro per natt. Det blev inget för mig förstås. Någonstans, i "Santa Maria " hittade jag en Allberge, sedan handlade jag mat för min middag och frukost. Klockan 8 skulle alla pilgrimer få välsignelse i Collegio de Sprito Santo i Carrion.

12 maj var jag i Terradilos de los Templarios. 8 km från Cadzadilla de la Cueza. Hela vägen från Carrion de los Condes, hade jag gått 30 km och längs den vägen fanns det ingen tillgång till verken mat eller dryck. Här var man tvungen att bära på en stor vattenflaska och mat för hela dagen utan att ta någon paus. Jag hade helvetes ont i mina ben. Vägen verkade aldrig ta slut.

FRÅN LOS TEMPLARIOS TILL BURGO RANERO

13 maj 2010   gick jag 27,50 km från Terradillos de los Templarios till El Burgo Ranero. I Terradilos fanns det mycket folk och det var några fransmän som var nyfikna på att ställa frågor och ville prata; för att undvika de valde jag min egen lugna väg. Jag var 18 km bort från staden Sahagun, här ifrån till El Burgo Ranero hade jag 14 km.

Lite längre bort från Sahagun, vägen delades upp så jag tog alternativ 1 vilken var snabbare. Jag lämnade Puente Canto mot Bercionos de real Camino, mot El Burogos Ranero. Jag tog min egen väg trots regn och åska i denna sena eftermiddag. När jag såg mig omkring hittade jag bara en japansk kille bakom mig, I början trodde jag att vi båda två hade gått vilse, men snart vägen öppnade sig själv fram för oss. Jag hann byta skor och dricka en kopp kaffe. Jag hade så mycket energi den dagen Jag kände mystikenergi när det åskade; jag började be till alla osynliga krafter i världen. När jag hade gått en bra bit frågade jag en förbi passerade man om vägen, han påstod att jag hade bara 1,5 km kvar vilken inte stämde alls. Himlen dundrade och åskan fortsatte att lysa upp himlen; jag blev inte rädd; i samma stund började jag be för mina älskade barn och bad om deras försoning och förlåtelse.

När jag kom fram, tog jag bara en dusch och åt min middag på en restaurang. Jag var på en privat Allberg för 11 euro per natt. härifrån skickade ett Mejl till Gunilla som hade lovat mig att ställa upp längs vägen, jag kontaktade en vän och mindotter som vandrade sin egen Camino i Sydamerika, hon hade mejlat och frågat om råd för sina magsmärtor. Jag bestämde mig att ta det lugn för kommande dag - Jag var glad over att jag hade bara 315 km kvar från Leon, till Santiago. Hospitalero(värden) frågade mig om; varför jag gick Camino de Santiago; Jag fick berätta om min historia att jag var döende sjuk innan och jag trodde på övermänskliga krafter, vilken hade dragit mig till Santiago trots att jag hade vägrat att lyssna på min kallelse tidigare. Jag fick berätta för henne historien om Williams död i mina armar. Efter den upplevelse insåg jag att inför min nästa vandring måste jag lära mig mer om "första hjälpen" särskild hjärtmassage vid hjärtinfarkt. Jag kom på mig själv att under vandringen hade jag ätit så mycket mat som jag någonsin hade gjort tidigare. Jag önskade att införa nästa vandring långsiktig för att gå i en längre tid och för att kunna gå efter mina känslor. så länge hade jag inte sett något djur trots min stora längtan. Kanske om man hade gått för en längre tid då hade man hunnit hitta sitt favoritdjur, krama och kela med den; även umgås med lokala befolkning.

Jag kände en tung sorg över att min vandring skulle ta slut för jag visste att jag tillhör hit, i min själ saknade lugnet, men det primitiva; materialistiska livet i Sverige under så många år hade tråkat ut mig.

Här i många platser och i otaliga byar hade människor lämnat sina ägodelar och sökte sig till stora städer på jakt efter bättre live, trots att det var intill deras näsa men de var inte kapabla att inse den. Vad borde en Människovarelse göra åt sitt öde när allt kretsade och präglades av att leva mer och mer för den materialistiska världen. Att se så många ödelagda byar när man passerade förbi, väckte djup sorg inom en, det talade ju om förlust och saknad av något och någon.

81

Vi blir ju präglas ofta av många tidigare generationer; och den nya generationen fortsätter ju med sitt eget öde; med samma lojalitet för att uppfylla sina illusioner; den fortsätter att springa i samma ekorre hjulet i hopp om att komma ut ur fångeskapt och gripa tag i lyckans vingar; men vi är redan lyckan och vi äger den. Det ända är att låta sig själva att inse den bort om all illusion; tiden brukar ta fram sina lösningar för att lätta på axlarna, skaka av alla bördor vi har burit på, vi borde frigöra oss från att minera oss själva. Vi bör acceptera evolutionens lagar; bära eller brista. Vi måste höja vårt medvetande så att vi kan fortsätta leva på jorden, aldrig någonsin mänskligheten har nått sin inre frid utan att växa i harmoni med själva livet och med allt som är. Ingen någonsin har rätt att tro att vi äger våra barns liv och öde, för barnet har redan all förutsättning att följa upp sitt livs program och syfte för att nå upp sin potential eller mål här. Precis liksom ett frö som setts in i jorden och den följer sitt program, då har barnet också sitt eget unika program för att följa upp på vår underbara planet, det nödvändiga är att låta barnet gå genom sin fysiska och mentala utvecklig med omsorg, trygghet och skydd vilken är särdrag för vår art i jämförelse med andra levande varelse på jorden. Det är nödvändig att varsebli om sig själv så att man kan upptäcka sin egen inre programmering; sedan återstår den friheten för att välja och vraka.

I en god relation med oss själva och ett bra samspel av egen Courage kan vi upptäcka våra dolda krafter och finna oss i Neverlandet, vilken slutligen förbereder oss till vår egen Nirvana.

Allting vi ser följer ju sitt naturliga program; ett frö växer och blir till träd för den är till för att blir ett träd och fågel bygger sitt bo efter sin instinkt för att föra vidare sin egen gen utan att någon annans inblandning och tillsägelse ,varför den kloka människan skulle inte någonsin gör det; Under vår evolution dök aldrig upp någon i vår väg för att diktera oss vad vi skulle göra; eller hur borde vi leva vårt liv; det var verken Evas eller Adams misstag från allra början utan det var makthavarna som bestämde för människor i åratal hur vi skulle följa upp deras lagar och normer. Under hela vårt mänskliga liv hittills har makthavarna tvingat oss människor att leva efter deras form och vilja, men detta fungerar inte längre, det är absolut oacceptabelt att fortsätta med de gamla dikteringar något måste ske. Vägen till vår lycka måste gå genom människornas klara medvetande och insikt, så att vi kan rädda oss själva, rädda våra barn och rädda den fantastiska planeten som är i behov av uppskattning; och enorm omsorg; den måste skötas på allra bästa sätt. Det är vårt ytters ansvar att varna om moder jorden. vi borde förstå och upptäcka behoven i inställt för att förstöra jorden och skövla, vi borde sluta att manipulera våra barn för egots skull. Låta bli att se de som föremål eller form för att behaga vårt ego eller uppfylla vårt manipulativa nöje, Barnen måste utvecklas så som de är menade för. Att upptäck barnens glädje, hopp och totalitet; Barnen borde behålla sin glädje som särskilda individer som har enorma förmågor att blomstra, och uppleva alla skönheter, konst, färger och ljud runtomkring oss på jorden.

När jag kom fram till staden Shagan gick jag in i en liten affär; där fick jag en underbar kram av en man som hade flyttat dit från Kuwait; när han hade fyllt sjutton år, efter mötet grät jag; han sade till mig att jag inte skulle vara så känslig, jag berättade för honom att jag vandrade Camino de Santiago för att tillföra fred till jorden. Under den tiden som jag vandrade min Camino, hade USA :s soldater erövrade Irak; och ännu en gång till mellanöstern avslöjade grymhet och orättvisans ansikte för hela mänskligheten. Manen var nyfiken på om jag var kristen, jag svarade ja. Men på kvällen på min albergue, sade jag att jag trodde på alla; Jesus, Maria, Budda, Muhammed och Fatima. I varje epok har Mänsklighetens historia tagit fram unika personer med kloka insikter och unika upplevelser för att leva ett bättre liv i harmoni , men vi istället för att utnyttja dessa förutsättningar för att skapa ett starkt gemenskap mellan oss; tog vi dessa insikter för att förtjäna vår egoism ; Vi manipulerade vårt syfte ; och skapade mer distans syns mellan oss ; vi skapade en rangordning av" de som svaga" och" vi som starka och rika"; vi plågade oss själva och urholkade vår planet; jorden ,vi glömde vårt ansvar gentemot varandra och de nya generationen som kom och skal komma, vi skapade krig ; förstörelse; vi förvandlade världen till en stor klump av komplex, vi fördärvade jordens själ ;vi skapade lidande med många olika sjukdomar, så pass att världens kropp blöder och vi blundar och vägrar fortfarande att inse den; vi borde erkänna vårt misstag och reparera såret nu.

14maj från "El Burgos Ranor till Mulas, sedan till Puente
Villanenete, 25 km hade jag gått hela vägen ensam, det ända
sällskapa jag hade var en svala som låg på sin rygg mitt i vägen, jag
lyfte upp den och gav den energihealing från Camino de Santiago,
Jag vände jag på den och gav den lite vatten, mums Sade Svalan
sedan tog jag den i min handflata och plötsligt började den flyga.
han gjorde två försök för att komma till det fria livet, första gången
fram stoppade han i gräset, jag försökte en gång till för att hjälpa
honom, sista gången kunde jag inte se om han hade fått så mycket
kraft för att resa upp sig för att flyga i väg igen, han hade flugit
ganska långt ifrån mig och han dök ner mitt i fältet man kunde inte
gå in, det var helt avstängd.

Leon var en vacker stad, lite lik som Barcelona. Jag kände saknaden
av både min mor och min dotter. Jag skickade mycket kärlek till var
och en av dem även min mor som inte fanns i kroppslig form på
jorden längre. Jag kände så mycket kärlek och ödmjukhet för
spanska folket för de var fortfarande fria. De ser på livet från annan
synvinkel. Jag vägrade att lämna det kaféet jag befann mig i;
musiken hade redan tagit sitt grepp om min själ och farit bort mig
från den planeten. På kvällen borde jag äta mat på restaurang igen.
Det gick inte att laga mat, vi hade inget kök på vårt värdshus.

16/5 Maj, var jag i Leon. Jag gick till apoteket för andra gången för
att köpa skydd för mina fötter. Jag var sugen på en köttbit, ville inte

äta vegetarisk mat, jag gick ut och åt Kalmaris, men den var så dålig att så jag inte kunde äta den och jag hade betalt 8 euro för det. Det var en fin dag, Jag upptäckte plötsligt en enorm känsla av Peace inom mig. det var som om något hade kommit in i min kropp och i den undermedvetna hade kanaler och vägar öppnat sig, den rensade av allt och sedan laggat något annat i stället i mig. Ett citat från min dagbok, den 15 maj 2010:"Jag kände av mitt hjärta, mitt i vägen". Sedan kändes som om jag mådde så bra som perfekt; jag kände så mycket glädje; Gud hade upplivade sig inom mig, och när godheten hade landat i mig då blev jag så tyngdlös, fri och förenad med allt som varade. Ur dagboken: " Happiness, Beauty, Goodness, är de fullkomliga tecken på guds närvaro inom mig ". Citatet försätter: En röst säger till mig: att du måste känna gud inom dig; han finns redan i mitt hjärta och den bor där tills evighetens evighet.

På eftermiddagen deltog jag i en Missa(gudstjänst)i Isador kyrkan. Det var underbart, jag kände mig så lugn under hela ceremonin. Det kom fram 10 nunnor, De sjöng så vackert och bad för oss alla vandrare. Jag blev så berörd och tårarna rann ner på kinderna, jag önskade mig att vara med nunnorna. Prästen på morgonen hade bett för oss på olika språk och han bad även på spanska, det var jättestark, jag hade svårt att lämna Isador kyrkan. Förre gående natten sov jag dålig för den spanska tjejen intill mig snarkade hela natten ut, min handduk kunde inte täppa till ljudet. Jag lärde mig senare att använda öronproppar när jag sov. Det var mycket folk på

Santa Marias Allberg, det brukade vara trångt när det var donation i visa ställe.

Jag stötte på Milagros med ett gäng nya kompisar. Hon hänvisade var serverades god mat. Jag hade ont om tid och restaurangen skulle stängs inom kort så Jag gav mig i väg och åt mat ensam. Från Leon till Villar de Mazarif gick jag 23km. Vägen var vacker, inga städer, bara två personer var på väg, en från Canada och den andra från Österrike. När jag kom fram till Mazarife hamnade jag i en stor albergue utan mat eller frukost, i stället hade de en terapeut som väntade på oss med salt vatten och lavendel för att hela våra fötter. Övernattning kostade på 6 euro. Jag hade inte hört av min älskade dotter som fortsätt sin pilgrimsfärd i Columbia då och hon vägrade att komma. Från den här dagen; hade jag 20 km för varje att vandra mot Santiago; plus hade jag 4 dagars vandring till den vackra staden Finistere – världens ände - därifrån Santiago skulle jag bestämma mig hur jag ville lägga upp min avslutningsceremoni.

ASTORGA

17/5 MAJ 2010; Villar de Mazarife till Santibanez de Valdeiglesia 15 km .... Från Villar de Mazarife till Astorga var 30 km, Men jag vägrade att gå raka vägen till Astorga. I stället halverade jag vägen och stannade i Santibanez. Mitt på vägen i Villavante tog jag en paus och satte jag mig på gården för att vila fötterna, Solen strålade fint och kände en kortvarig glädje vilken plötsligt gick över till att vara trött på Camino. Det verkade så tungt. Jag såg Millagros igen, för att undvika umgänge med henne stannade jag inte i Villavante. Från Villar de Mazarife till Santibanez de Valdeiglesia tog mig 15 kilometer att gå.

I Villavante möte jag en man. Manen bodde egentligen i Victoria 40km bort i från Pamplena. Han berättade lite om Astroga och dess se värdigheter. Här upptäckte jag att den information som fanns i min guidebok hade förändrats; det fanns inte längre någon albergue i Hospital de Orbigo(en bit längre bort från villevante). Nästa skulle jag tidigt ge mig av mot Astorga; njuta av stadens skönhet och dess särskilda mat. Killen berättade att det skulle bli svårare att hitta en sovplats i albergue för folk brukade åka buss från Sarria och de reserverade sin sovplats i förväg. Här många tankar välde över mig. Jag tänkte på tulpaner. Jag önskade att lära mig massage. Man skulle lära sig något som man kunde ha nytta och hjälpa pilgrimer under den långa vandringen. Första hjälpen fick jag erfara att det var mycket användbart. Jag tänkte på det en kort stund sedan lämnade den över till gud för att han skulle ta hand om. Jag ville att Jesus hjälpa mig så som han hade lovat att hjälpa mig och ge feedback. Jag kände mig stark och hela mitt hjärta var för Camino. Alla mina rädslor hade förvunnit. Jag mådde jättebra. Den dagen blev ganska billig för mig därför planerade jag att äta en god måltid i Astroga.

Kommande dag skulle bli något längre vandring så jag borde stanna jag någonstans. Vädret blev plötsligt viktigt nu och folk talade om

14–15 grader Jag borde vakna tidig på morgon för att gå i väg, sedan tillbringa nätterna i små albergue. De skulle ha Missa klockan 8, men jag gick tidigt i säng. Jag sörjde att min Camino skulle gå mot slut. Alla började skriva om och kommentar sin vandrings dag när de väl hade kommit fram till sin respektive Alberge. Nästa dag tidigt på morgonen vandrade jag vidare, för att njuta av maten och titta runt i den vackra staden Astroga. På albergue fick jag lite hjälp av Pepe, för mina ömma ben och visade honom mina mediciner som jag hade köpt tidigare på apoteket i Leon. Han ansåg att jag hade besvär med blodcirkulationen. Han skrev upp en crème för fötterna och ett pulver för halsen som skulle förtäras varje åttonde timme.

Det blev faktiskt lättare nu. Millagros var på ett annat värdshus som hete Jesus. På morgonen träffade jag en kvinna med sin hund; vi vandrade tillsammans i en timme. Jag fotade henne sedan gick vi till hennes dörr där visade hon mig sina katter. Vi växlade adress så att jag kunde skicka henne foton. men det blev tyvärr aldrig av;(tappade bort adressen) Innan vi skildes åt gav hon mig två jättegoda äpplen som jag åt på vägen. Medan jag gick tänkte på min älskade dotter och saknade henne så mycket. Dagen innan min väninna Mip var framme; jag bad henne om att ta fram alla mina önskningar inför gud. Innan Mip skulle lämna sin kropp, så där som hon låg i sin döds bädd, frågade hon mig vad det var min viktigast önskan i livet; jag svarade henne genast, Jag sade Mip; det verkar att du vet redan var jag skulle helst vilja att bo. längs vägen fotade jag ganska mycket, överallt var så enorm vackert och många jobbade på fälten;

89

jag längtade av hela mitt hjärta efter att få äga en man, för att leva med i naturen. Citat från dagboken; " Igår upptäckte jag att min själ går isär och separera sig från min kropp hemma I Sverige. I dag längtar jag efter att bo på landet och leva med en man som bonde. Jag gillade kvinnor som arbetade på fältet; köra traktorn och plojar jorden. Det var så häftigt och cool " slut på citat. Jag längtade efter att se kossorna längs min vandringsväg. Men de hade gömde sig för mig, det var ju jättedumt att de gjorde så, de kunde inte ursäkta sig själva med ett och annat på något sätt, jag älskade och hade ett starkt band med dem. Mitt Stämpelkort var fullt; det behövdes ett nytt kort. Jag skickade ett sms till diakonen Gunilla Hon som hade lovat att ställa upp ifall jag skulle behöva. Men hon ändrade åsikt och vägrade att hjälpa mig. Detta var jag inte förberedd på. Min lunch blev en liten burk bläckfisk med bröd, den var en bra lunch.

LEONS SPECIALITET

18/5 – 2010 När jag kom fram till Hospital de Orbigo, hittade jag ingen albergue; folk berättade att albergue var borta, senare fick jag höra att Milagros hade kunnat hitta den Alberguen och hon hade hunnit övernatta där; hur som helst jag borde gå vidare. Jag gick till en fin restaurang och beställde en särskild maträtt som hette" Cocina do Margato". Från Leon var jag sugen på att äta något speciellt, här tog jag revansch av den all dagliga pilgrims menyn.

Nästa dag hade jag ingen lust att äta min frukost. I byn Santibanez de Valdeiglesia tog jag beslut att övernatta där.

Hospitalero(expediten) var guy, och hade en stark andlig energi. Jag åt den maten som erbjöds i albergue. Det fanns Ingen restaurang utanför. I mitt sällskap var en kille från Inestella , en från Maroko och en från Tyskland. Vi pratade hela natten, En haltande italienska tjej hängde med oss passivt, hon körde på mellan åt med sina knäsmärtor. Jag rekommenderade henne att ge sig och acceptera sina knän. Philippe; en annan tjej från Brasil och student i Tyskland, fick avbryta sin vandring och ta bussen till Sairria. Hon hade stackare vuxit upp med knäsmärtor. På morgonen fick svårt att be om lite te eller varmt vatten. När det var donation, vägrade jag ändå att ge något, Jag fick ingen direkt kommunikation med expediten. Gården rymdes inte tillräcklig, på efter middagen när jag satte mig på en av stolarna, föll jag ner på marken, jag hade ändå tur att jag inte fick någon skada, fast på natten hade jag ganska ont i min axel. Det fanns inget varme i rummet jag sov, och jag frös hela natten, jag vägrade att gå på toaletten.

5 kilometer innanför staden Astorga, på Sant Justo de LaVega, stötte jag på en kille som hade ställt ut biologiska nötter och en kaffetermos, han bar yogi kläder och jag blev berörd när jag såg honom, därifrån grät jag hela vägen till Astroga. David hade en liten låda i ett hörn för att lägga donationen, det var så generös av honom för att allt han erbjöd var ekologiska varor, jag tog en liten påse med nötter och lämnade några euro i lådan. Jag var så berörd och tänkte på min kompis tjej Halina. Jag växlade några ord med David, han kom från Tyskland och prövade på att uppfylla sin dröm längs

vägen. Det fanns många halvfärdiga och utelämnade byggnader som folk hade lämnat efter sig och de hade sökt till stora städer. Att kunna ta sig upp krävdes ju lämpliga utrustningar och David hade en elektronisk elmaskin och en bil vilka var rätt bra hjälpmed för att ta sig upp i allt detta för ett ögonblick upplevde jag mig själv vitt klädd, att stå där och ge healing till människor som passerad förbi. Det var en mäktig känsla.

Jag fick en vision om att när jag var väl framme i Santiago skulle jag stå någonstans i närheten för att ge healing till pilgrimer. Den visionen var alldeles rätt även om jag inte kunde förverkliga den för jag mådde inte bra när jag var väl framme i Santiago.

På vägen mot den äventyrliga staden Astorga sveptes min kropp in i en stor storm av okända känslor och jag vägrade att gå ner i dalen för försatt vandring mot Astorga. Mina fötter vägrade att bära på mina tankar, jag blev kvar sittande på kullen och grät av hela mitt hjärta. Jag hade inte tillräcklig mod för att gå ner, inte förrän jag hade gråtit ut alla mina känslor ur mig. Känslorna förblev lång variga som evigheten, de skulle komma att trigga något i mig även rätt många år senare när jag tänkte tillbaka på den dagen. Eller hörde på "stadens namn " Astorga " eller Astoria. Astorga var ju en viktig stad i hela Spaniens historia och den var en av de största städerna som hade haft en avgörande roll i Spaniens ekonomiska utveckling under Spaniens renässans tid.

STADEN ASTORGA

När jag var väl framme i Astorga, frågade jag folk om varför jag hade så starka känslor, då förklarade de för mig att Astorga hade blivit ruinerade två, tre gånger under innebörders krig i Spanien men varje gång reste sig och byggdes upp på nytt igen. Ur min dagbok: " Idag kände jag att mitt kronchakra var öppen och ljuset hade kommit in i varje cell av mig, jag kände mig som Jesus på foto så mitt huvud var omringade av en ljus boll. Från idag 18/5–2010 är jag definitiv en annan människa. Jag känner att all det goda, vackra och även gud finns redan inom mig den yogin jag längtade efter är jag med. Jag hade gråtit hela väggen för att göra något gott i min Camino, detta blev svaret: " Allt du önskar dig finns inom mig.

När jag var väl framme iAtorga, kände jag mycket särskild energi. och jag j blev nyfiken att söka mer information på Internet. På albergue, duschade och tvättade kläderna som vanligt. Jag fick några information av Hospitalero. som var mycket sympatisk och verkade vara kunnig att avläsa min energi. Här kunde vi laga mat. Internet var grattis där så jag passade på och skrev några ord till Min dotter. Jag blev så enorm tacksam till alla som hade hjälpt mig att komma hit. "..... Gud välsigna dem, tack gud, I love u god " citat från dagboken. "....... Från idag 18/5 2010 allt jag gör är för gud. Amen! nu är det min tid och jag tar hand om mig, Ingen rädsla, Ingen rädsla..."

I Astorga träffade jag Milagros; hon berättade att hon hade ätit Leons specialitet "Maragatos". Det var en helgdag och alla

restauranger skulle stänga vid 16,30 på efter middagen så Jag
ändrade min kurs snabb och jag gick till den restaurang som var
öppen och jag beställde min" Maragatos" den var en god mat, för
efter rätt fick jag något med mjölk ock vanilj! Men jag var ju
allergiker. Jag bad om en kopp café', jag hade en lyxig dag och Jag
förtjänade den. 19/5–2010, jag blev real sjuk. Från Astorga drog mig
i väg med all möda… jag kände ont i halsen när solen hade gått upp.
Det var svårt att andas, jag tog några tabletter. sedan hittade jag till
en refuge, där fanns ingen plats, jag fick två medelålders
sällskapsmän i stället. Vi gick i väg tillsammans till en liten
avskärmad by som inte var som alla andra byar.

På min väg till " Cowboy Baren" i El Ganzo, stötte jag på en polis
bil. killarna frågade mig varifrån jag kom. Medan jag höll på att äta
min ostmacka skojade de med mig att ta ett glas vin till min macka
för att orka ända upp till Santiago. När jag kom fram till den
berömda och mysiga" Cowboy Baren" beställde jag en öl i stället,
sedan fortsatte jag vidare. På vägen hittade jag en liten refuge; En
holländare jobbade där, han var ganska trevlig, vi pratade lite
holländska med varandra. Här jobbade en kille till som var från
Hangaren, av en anledning betedde han sig otrevlig efter att han
hade hörde att jag vara sjuk, I den här refugen jobbade också en
underbar engelsk talande kvinna och hon hete Elistina, det verkade
att jag hade berört henne innerligt så hon var så villig att göra något
för mig. Efter de sedvanliga rutinerna, som att dusch och tvätta, satte
jag mig med några pilgrimer och pratade, drack kaffe och te, till

middagen åt jag sardin med bröd, jag var fruktansvärt trött, så vid 8–9 tiden lade jag mig i sängen. Jag tog en Alvedon forte och en halv sömntablett, men jag sov så dåligt, jag hade nämligen feber. På morgonen kände jag mig svullen och mådde urusel, Jag bad om en doktor, här var vi så långt i från alla civilisationer. Men det hände ett mirakel, i normala fall kom doktor förbi en gång i veckan och Elistina var inte säkert på att jag hade en chans att träffa en doktor där, holländaren ansåg att jag borde vända mig tillbaka till Astorga, men efter ett telefonsamtal, mirakel visade upp sig och jag kom redan till doktorn vid klockan 11 på morgonen; tack vare den underbara Elistina som följde med mig dit och hon hade sällskap med mig i en timme. Jag tog fram min blåa försäkrings kort för att utnyttja den, jag fick brustabletter vilken tog så lång tid att smälta i vatten, De skulle förtäras var 8:e timme. Klockan 2, 10 och 6 på morgonen.

DEN SISTA ETAPPEN TILL SANTIAGO

När jag lagade min lunch vid klockan 14, kom Alex från Chile in i köket och pratade med mig, han jobbade i Barcelona, sen kom en jättecharmig kille från Tyskland och vi pratade om hela världen, jag hjälpte dem lite med matlagning och vi pratade om stadens Cordoba. Det kändes så otroligt trevligt. Lite senare under dagen, berättade en engelska tjej att Caminos väg var uppdelad i tre etapper: Etapp 1 började från början ända upp till staden Burgos, Etapp 2: sträckte sig från Burgos till Astorga , sedan kom Etapp 3 som var: från Astorga till Santiago. Dagen var ganska lugn från det andliga perspektivet,

95

på kvällen vi pratade om olika saker; vid klockan 7,30 gav jag mig i väg till kyrkan, jag blev så berörd, jag bad prästen att be för mina kära och nära, prästen gjorde något med mitt huvud och han välsignade mig. Citat från dagboken 19/5–2010. "På natten när jag skulle sova hörde jag en röst tala till mig att jag skulle ta det lugn och inte oroa mig för något, från och med nu skulle jag bara vara lugn och inte gråta, att bara ha tillit inget mer. "Här fick jag stämpel på certifikatet från den svenska kyrkan i Stockholm

20/05–2010   Många nya pilgrimer kom in i refuge (ett litet vandrarhem). Mot eftermiddag Innan kvälls mässan gick jag ut på gården och satte mig där på en bänk, då kom Allison fram till mig och berättade att några tyska pilgrimer hade lagat mat och ville bjuda in mig på middag och han räckte till mig några bestick. Jag tackade ja till erbjudandet och hängde med. Klockan 6 på kvällen, tog jag min talrik, gick ut på gården och gjorde sällskap med mina nya tyska vänner, jag åt min middag med dem; all mat smakade jättegod. Paret var så unika och fantastiska; de hade väl läst av mig rätt. Vi pratade med varandra om Camino, tjejen verkade vara en healer, så jag ställde fram en fråga till henne om hon gjorde healing på folk, svaret blev positiv, i samma stund frågade hon mig om jag skulle vilja få healing så klart tackade ja till henne. Det kändes så trygg att vara i deras närhet. Strax efter maten gjorde mig redo för healingceremoni, trots att vi var på en stor gård; var det ganska svårt att koppla av på riktig; folk rörde sig fram och tillbaka hela tiden. Till slut tog vi vår tillflykt till en fridfull hörna längs bak på gården.

Klockan tio på kväll, blev dags att ta mina mediciner, de var ganska starka och hade sidoeffekt, så mitt i natten kände jag smärta i levern. Den natten snarkade jag själv. I mitt lilla rum hade jag sällskap av tre svenska tjejer som hade börjat sin vandring från Frankrike, De berättade att en av pilgrimer hade dött under vandringen i dalen. Kylan hade tydligen varit så pass påtagligt så att många av pilgrimer hade blivit hämtade därifrån med bussar för att skydda dem mot den extrema kylan. Mitt sällskap vara så förvånade över mitt svenska språk för att jag kunde kommunicera med dem så fritt. Jag älskade ju mitt ur språngs land och jag talade om för folk med stolthet att jag var från Iran. Det lustiga var också att hela vägen till Santiago visste folk att det fanns iranier bland pilgrimer, det ena var jag från Sverige och den andra var från Tyskland, jag träffade aldrig den andra iranier.

Det här året var så ovanligt kallt; det hade snöat ordentligt längs vägen, det blev tydligen svårt för en del pilgrimer att passera förbi över den dalen mellan Spanien och Frankrike på grund av den kylan och snöyra. Jag ville inte själv börja min vandring från Frankrike; det verkade vara påfrestande för min del att börja därifrån. Det visade sig att det var ett bra beslut som jag hade genomfört då. Tack vare rekommendation från min Spanska Angel som jag hade möt i tåget från Barcelona mot Pamplona. Jag tog till mig hans kunskap och fick tillit till hans uttalande på en gång. Den kylan och snö kändes av ju mer vi närmade oss till Santiago.

97

I Katalonien vädret ändrades hela tiden, under hela vår vandring hade vi oliks väderlekar. Sol, regn, snö och storm.

Den 21/05–201 fick jag ett tacksamhets brev av Andrea Maria och Solve Haluschka , Ett fantastiskt och medvetet par. Hennes brev blev en skatt från Camino de Santiago. Citatet leder så här: " Wish you would find your way to health, love and true.

You are so spiritual and lovely, you are my healer, too.

Good way for you.

Gods' ways are healer's ways.

God is the master. "

(Varje gång jag läser det här brevet tårarna rinner på kinderna och mitt hjärta blir berört i djupet.)

Jag kom i väg i lugn och ro. Nu var jag långt ifrån Astorga, mot Rabanal de Camino , från Astorga till Rabanal var 22, 4 km , där efter mot Molinaseca hade jag 26,5 km att gå, som tur fortsatte jag min Camino vidare och många spännande saker väntade på att överraska mig. I riktning Mot Rabanal , i albergue "Guavelmo " gick jag in för att köpa någon juice för att släck törsten men jag blev plötsligt överraskad av Osho och Babajis foto på väggen, som blixtrade till i mina ögon ,i samma stund kom Yoga läraren Felipe fram till mig, vårt samtal dröjde i en halv timme, vi pratade om Zarathustra ;Han var påläst och berättade för mig att många av Zarathustras anhängare hade blivit mördad av katoliker i Spanien, hans ögon fylldes av tårar medan han berättade den historien.

98

Felipe rekommenderade mig en mytologibok för att läsa på om deras historia, sedan berättade att han hade varit i Indien, han tyckte mycket om Iran och önskade någon gång besöka det landet, han välkomnade mig för att gå tillbaka till dem och vara där några dagar, Jag köpte vatten och juice och ett halsband. Felipe hade läste av mitt hjärta under så kort tid; för jag var så upptagen med en enorm oro för mina barn. Han tyckte att jag inte hade tid med den, för jag borde ägna tiden åt mig själv och göra mig lycklig. "Mitt mål borde vara egen lycka här och nu på den här planeten." Han prickade rätt i målet. Det var bra sagt av honom. Efter några få km kom jag fram till Järnkorset; I Crus de Ferro, Järnkorset stod på toppen av en tio meters hög träpelare vilken i sin tur, stod på en pyramid av stenar.

CRUS DE FERRO

Den platsen hade varit en stor symbol för pilgrimer under många år. Crus de Ferro hade blivit en samlingsplats för alla som hade vandrat mot Santiago, varje sten var ett vittne till var och en av pilgrimer som hade passerat förbi här mot Santiago, i princip Enligt traditionen borde pilgrimer ha en sten och några foton av sina kära och nära med sig "hemifrån" för att lägga där vid korset och ber för dem .Efter att man hade bett för sina kära så var det underbart med kort en paus för att kontemplera över varför man hade tagit sig dit på den långa vandringen, Själv hade jag foto av mina kära som jag ställde där bland stenarna och bad innerligt för dem; jag bad också för alla levande varelser på jorden och tackade moder jorden

99

(Pascha mamma) för allt jag hade fått och kommer att få. Jag bad om fred på jorden för det var mitt stora mål att vandra till Santiago. Jag vill ha ett slut på alla pågående krig, kris och elände i alla dess form, stora eller små, inom oss eller utanför oss, Här och nu, kändes det enorm nödvändigt att till kalla frid och fred på jorden. Här blev jag själv upptagen av att förstår vad meningen med mitt liv var, Jag kunde inte hejda mina tårar längre. På väg till El Acebo, besöktc jag härbärget Manjarin, den var privat, och hade en särskild atmosfär, med en stor gemenskap, lite new age betonad, allt var äkta och primitiva. Ingen lyx. Inget varmt vatten för att duscha med, man kunde hitta all typ av människor här,

Allt var byggt efter ägarens vilja för att förtjäna pilgrimer. Jag köpte några suvenirer från deras marknad. Där blev jag vittne till att några pilgrimer hade hämtat sina hundar för att lämna kvar dem där borta; på så sätt fick de mindre skuldkänslor för sina gamla vänner, Hundarna blev omhänder tagna på något markligt sätt där borta. Varje pilgrim som passerade förbi gav ännu en kärleksfull klapp på huvud och hunden blev nöjd med sitt nya öde. Någonstans längre bort i vandringsvägen, möte jag en tjej som hade skadad sig i foten, hon berättade att hon hade planer att åka till Indien och utbilda sig till en healer, sedan skulle hon återvända till den albergue "Manjarin " och jobba där i fram tiden. I Acebo övernattade jag, här hade de donation, jag betalde också för både middag och frukost. Den dagen sjöng jag hela vägen till Acebo, medan jag passerade över det vackra berget. Dagen efter borde jag vandra mot Poferrada.

JOSE MICHEL

22/5–2010, Från Acebo till Ponferada. Först träffade jag Jose
Michel som kom från Campo (by) och han följde med mig till
Ponferrada. Jag såg två spanska tjejer, Rose som vandrade med sin
väninna från Madrid, sedan stötte jag på Marta och hennes far
Angel, han var verkligen en riktig angel, vi alla var på väg till en
albergue i Ponferada klockan var 2 på efter middagen, när vi kom
fram till albergue" San Nicolas de Flue" Jose Michel skulle vända
om och går tillbaka till sin egen by, han följde med bara för att visa
oss var albergue låg. Det var en solig och skön dag, alla hängde med
och vi åt vår lunch tillsammans, sedan gick vi på museum och
tittade på ett kastell och drack öl senare tillsammans igen. Det var så
kul, att beställ mat och äta tillsammans i en stor grupp, så brukade
spanjorer göra när några familjer skulle äta middag tillsammans på
en restaurang, detta underlättade ju mycket för att beställa mat.
Stämningen var fylld av kärlek syns mellan. Vännerna var roade av
att skoja med mig om att jag brukade Synkronisera fram saker och
ting. Därför lönade sig nämligen att vandra med mig; tyckte dem.
23/5–2010 Från Ponferrada till Villafranca del Bierzo. 21,7 km!
Klockan 3,00 kom jag fram till en refuge som var så speciell. Mina
spanska tjejkompisar kom också dit men de ville inte stanna kvar
där och de gick ut till andra ställe. Innan jag kom till den albergue,
hade jag gått till kyrkan först, där borde jag stämpla min pilgrim
pass. Jag var ganska trött, knäna bar knappast min kropp, jag hade
knäskydd på båda knäna. I kyrkan fick jag rekommendation om att
gå till Jesus albergue. Många andra hade gått dit och ryktet hade

spred sig fort om att där kunde man få healing, det vill jag få förstås med så den passade mig perfekt. Jag ställde mig i kön, bakom mig stod en annan tjej från Tyskland. Vi var båda två oroliga om att han skulle säga stopp när det var väl vår tur; det var lite sen på eftermiddagen, men till slut kom fram till honom. Det rådde en speciell energi runt om kring oss och över hela området och den hade omfamnade hela Allberg och lokalen i helhet. Där bodde starka andar. Dagen därpå hörde jag att där hade bott en "häxa"- Witch-" (Buroja på spanska)- och hon hette "Dato". Oh, Gud sådan miljö och stämningar älskade jag och jag hade längtat sedan barndomen under hela mitt liv, det väckte ju både nyfikenhet och kopplade var och en av oss till det osynliga krafter, och mystisk. Andarna väckte kroppen ur sin omedvetna och gav själen kraft att värka inom en , kroppen fick den energi och healing den behövde. Vem inte vill vara i den miljön, så livlig, så levande, så simpel, så stark. En riktig välsignade plats att vistas i.

JESUS HEALING

Det var mycket folk överallt Så klart många väntade på att få hjälp med husrum åtminstone för en natt. En del fick healing stående. Jesus ställde upp för mig real. Jag fick gå till behandlingsrum för jag mådde inte bra. Där låg jag på en särskild bänk och väntade på Jesus att komma, inom några sekunder efter att jag hade blundat, var jag borta, jag kom tillbaka när jag hörde Jesus viska i mitt öra, under tiden gick han mot handfatet för att skölja av sina händer. Jag hade ingen aning om vad han gjorde- Sen på kvällen fick jag alldeles

102

egen lilla vrå att sov i, efter en kort villa, hörde jag någon från gården ropa på mitt namn. Genom lilla fönstret såg jag Jesus göra upp en eld. När jag gick ner blev jag vittne till en underbar healingceremoni som hade påbörjat och detta hade han ordnat för alla oss pilgrimer som hade kommit dit till honom denna dag. Jesus ansåg att jag borde vara med dem. från gårdens allt hörn stirrade många Inka gudar på oss, och de hjälpte Jesus med att utföra hans mystiska healingceremoni i tystnaden. Den kvällen många människor var med i vår ring, Under min healing viskade Jesus några ord i mitt öra och han drog ut någonting ur hela min kropp och själ. Efteråt när han tvättade bort allt skit ur sina händer. fick jag Sätta upp mig vid bänk kanten och han satte sig på sin fåtölj; vi pratade lite stund, Han läste av både mitt huvud och min osynliga inre; Jesus sade till mig att jag inte skulle vara orolig för mina barn för då kunde jag aldrig någon syn få ro i mitt liv. Jag borde lämna dem att vara ifred och inte tänka på deras liv eller deras framtid. Nu var Jesus den andra personen som hade givit liknande råd om mina kära barn och varnade mig om. Efteråt bad han mig i gengäld att ställa upp i köket och hjälpa till, det var så mycket folk och alla borde serveras middag. Efter kort stund av min återhämtning gick jag in i köket, de behövde verkligen mycket hjälp. Jesus visade mig, hur han brukade laga maten, jag fick diska en hel del, det var så lätt att bli en del av det hela verksamheten där, jag passade in som en handske i handen.

Jag önskade att jag kunde ha förstått var jag befann mig då och vad jag håll på med. Idag ser jag detta omedvetande och förvirring som en stor del av vår mänskliga livsdilemmat vilken naturligtvis berör mig enorm; vi letar och längtar ständig efter något som är diffust och inte finns i det befintliga ögonblicket som vi befinner oss; i stället jagar vi ständigt efter något som egentligen inte har någon grund eller koppling till vårt dagliga liv i en djup bemärkelse; och slukar i själva vårt andetag och erövra vårt liv.

Hela kvällen och dagen därpå hjälpte jag till i köket. De behövde mycket hjälp där. Trots mitt eget separat sovplats och all healing jag hade fått dagen innan, kände jag fortfarande ont i både ryggen och i bröstkorgen dagen därpå. Under healingceremonin på gården, hade Jesus mixade några frukter och juice, han hade kokte ihop allt med en särskild dryck som bara tillhörde till Katalonien. Denna dryck till lagades traditionellt bara för pilgrimer längs Camnio. Det krävde förstås en real kunskap om hur man mixade ihop och valde ut de rätta doserna av allting. Alla kunde inte den konsten. Det tändes ett ljus och skickades runt i ringen sedan smakade vi på den helande drycken. Den var ur god förstås. På natten hördes snarkningar från det stora rummet bredvid, där sov tre ryska. På natten Oron över pengarna jagade mig igen. Dagen där på, efter min frukost lämnade jag Jesus och den underbara albergue, jag kund inte stanna där längre, dels att jag ville fortsätta min väg till Santiago och det var mitt allra första mål från början, dels hade jag fortfarande ont i ryggen. Jesus ville mig kvar för han behövde min hjälp. Det blev ett känslomässigt ögonblick som jag borde hantera omedelbart och välja en av dem, stunden utmanade mig samtligt att bestämma mig i ett ögonblick, antigen välja Jesus och stanna för att ställa upp, eller Välja fortsätt min vandring till Sant Jacob i Santiago. Jag valde bort Jesus. Jag tackade nej till Jesus hjälp att få skjuts i vandringsleden. Jag var bestämd ju att vandra klart ända upp till Santiago" och ingen skulle störa eller stoppa mig. Jag ville uppfylla den stora drömmen.

24/05-2010 På morgonen gav mig mot O,cebriero. cirka 24 km ifrån Villafranca del Bierzo. Men Jag ville besök den buddistiska albergue som låg i Ruitelan, vilken var i närheten av Las Herrerias, 7-8 km ifrån O,cebreiro. albergue låg gömd i ett grönt område och avvek från den normala vägen som var alternativ1 och sedan försatte in i en väg som var alternativ 2; Den vägen låg till högra sidan av stora motorvägen och den märktes ganska tydligt på Kartan. I ett café stannade jag för att ta en ficka, där stötte jag igen på den tyska tjejen, nu hade hon sällskap med en kille som de hade möts längs vägen, vi pratade lite stund. Hon tyckte att det var väldigt spännande hos Jesus, Hon blev lite besviken på mig för att Jag inte stannade hos honom. Hon tyckte att jag borde ha tagit emot hans erbjuden och stannat hos Jesus. Hon kanske hade rätt för Jesus hade bjudit in bara mig, bland alla andra som han givit healing. Jag hade ju blivit utvald men jag fattade ingenting då, jag hade givit mig i väg av rena rädsla, nu skulle ingen ta Camino ifrån mig. Jag var säkerligen inte mogen för ett nytt beslut och kompromissa en förändring i mitt program. Mitt beslut att vandra Camino de Compostela var en enda önskan och det var för enda gång någonsin jag hade bestämd mig på egen hand för att utföra den, och jag hade längtat och väntat i 6–8 år för att få den välsignelsen. Jag hade inte tid att tänka på saken och lämnade den bakom mig.

RUITELA´N

Klockan 9 lämna jag Villafranca. Klockan 16, på efter middagen kom jag fram till den buddistiska centern. Jag hade ont i mina fötter så jag bad om massage i benen. Det var Shuati massage och behandlingen var ganska effektiv. Efteråt doppade jag fötterna i det kalla vattnet som strömmade förbi på baksidan av den Albergue. En Peace full ande rådde över hela området och inne i lokalen vi befann oss. Jag kostade på mig 10 euro för massagen och den var väl behövlig, vi blev serverade med god middag och frukost, sammanlagt kostade 17 euro med övernattningen. Jag satte mig i en timme och följde upp min vanliga rutin och pratade med folk. Jag var känd för många i Camino, tjejen som kommunicerade med människor och pratade med lokalbefolkningen på Spanska förstås; Jag hade tur att möta så många goda människor vilka ställde upp och gav råd; och ännu mer spännande äventyr väntade på ju mer jag vandrade mot Santiago. På morgonen kom fram ett av mina älskade barn till mig och bad om hjälp jag bad för honom och bad samtidgt för pappan. På kvällen hade vi en kille som snarkade ordentligt och han blev för flyttade för näst kommande kväll. Här träffade jag Marta med sin pappa igen och vi växlade vår adress. Nästa dag bestämde jag mig att skicka i väg min tunga ryggsäck för det skulle

106

bli ganska tufft över höga berget i kylan. Med mig tog jag en spray
för att avlasta mina trötta fötter; i min lilla påse stoppade jag en
penna och min dagbok, de mest viktiga i hela vandringen. På min
väg till O, Cebereiro, Läckte min spray och svalde in en hel del av
mina anteckningar i dagboken och jag blev ursinnig arg över
händelsen.

25/05–2010 Från Ruitelan till hospital de Condesa på12km.
Det var tufft med vädret, det regnade i håligt. Berget låg på 1246km
höjd över havet. Så 250 km var framför oss att klättra upp i höjden.
Det regnade och jag hade ont i revbenen. I O,Cebreiro ;gick jag in i
kyrkan ,där pågick en mässa på Japanska, den var avsett för japaner
som vandrade till Santiago. Jag fick min healing av den japanska
prästen, och köpte en Konscha (en snäcka) för min kompis Akiko i
Japan. Efter det, hämtade jag min ryggsäck vilken var ivägskickad
med bilen, Över berget kändes faktisk mycket lättare utan ryggsäck.
Den kostade mig bara 5 euro. Jag köpte en ringklocka för min bastu
(min vandrings pinne) på torget. Den gav mig en underbar känsla att
vandra med den, med varje kling fick jag uppleva att jag var en
heder som vallade mina får och getter längs vägen mot Santiago de
Santiago: Det rådde lugn i albergue. Berget var enormt mäktigt och
vackert, Batteriet på Camera var slut precis när jag kom upp på
höjden, men jag hann att ta några fotos i alla fall. Längs vägen under
regnet kom jag fram till en liten och mysigt bar och beställde jag ett
rött glas vin av en jättesnäll farbror bakom disken, han bjöd på det
andra glaset, jag bjöd honom tillbaka på en öl men han vägrade att ta

emot, farbror tyckte så synd om mig att vandrade ensam, han erbjöd sitt sällskap vid middag, men jag hade ingen lust att äta då. Han var så gullig, och hade tappat alla sina tänder men han var ganska nöjd med livet. Lite senare när farbror skulle hem åt, erbjöd han mig på en boplats; för han hade fem rum i sitt hus. Dagen där på gick jag i väg; någonstans stötte jag på Marta och hennes änglalika fader. De skulle återvända hem och komma tillbaka nästkommande år för att fullborda sin Camino de Compostela. Jag lovade dem att skicka ett kort till dem i Madrid; så fort jag var väl framme i Santiago, Den dagen vandrade jag med ett av mina älskade barn och han var imponerad och nöjd.

TRIACASTELA

26 / 05–2010 Oj, oj Vilken regnig dag. Avståndet Från Hospital de Condesa, hit till Triacastela gick på 17,5 km, allt var mäktigt och vackert men hela min fleecetröja och Camera blev genomsyrad av det ihåliga regnet. Jag gick direkt till Albergue, dit skulle min ryggsäck landa, och den var redan framme vid klockan 12 sade de på expeditionen. Efter det gick jag mot Centro de salu och fick syn på en liten refuge, där fick jag ta på en säng i ett litet avskilt rum. Jag hämtade mina mediciner. Betalade 9 euro för det. Till kvällsmaten; hade jag kokat ägg med makaroner. Doktorn var förtvivlad över var jag hade ont, var det levern eller revbenen som jag inte var i balans. kissprovet var okej.

Jag blev ganska ledsen att få syn på en traktor, den väckte sorg i mitt hjärta, och tänkte på livet; jag fick varken en bonde live eller borgligt och lyxigt live.

Jag var ganska orkeslös och utmattade av att be universum om en bra live. Jag ville få det bästa fördelarna av det här livet utan att behöva tjata om den hela tiden, jag var trött på allting i mitt liv - även den dagen. Folk gick ut för att äta mat men jag höll mig kvar på Allergen. Imorgon skulle jag kanske få ork för att be för mina kära och nära, även för mig själv. Amen

27 / 05–2010 Jag var lättare i magen för jag hade besökt WC tre gånger. På kvällen övernattade jag i Sarria, Jag köpte ett extra chips för min Camera. På kvällen gick jag till kyrkan, för vid 9 tiden skulle de stänga den. där inne var så Peace full, här fick jag syn på Sant Jacob som komma fram till mig. Han tog löfte av mig för att jag skulle ställa upp så att mer folk kunde komma till Santiago, för att få välsignelse av honom och han kunde få chansen att hela världen och förvandla den till en bättre plats för alla levande varelser på jorden.

Jag beställde en kaffe, det blev stående på bordet, det smakade helt annat än kaffe, På min väg mot Portomarin, vid klockan 14 kom jag fram till albergue Municipal, här möte jag en bekymrade fader som hade sin son med sig och de hade åkt med en Piké bil; på vägen någonstans sonen hade hunnit med att skada sig i foten. Han borde

109

stanna upp. Jag bad killen att först åka till doktorn, sedan tröstade fadern och erbjöd killen med att ta det lugn för han var ung och kunde återkomma när han ville det, han hade ju verkligen hela livet på sig att vandra hur många gånger som helst, så han behövde inte göra något motstånd mot det som hade hänt honom. Om man inte var redo eller bjuden för att vandra till Santiago då kunde man inte klara av den; och detta var största mysteriet med Camino de Compstela. Det var många som blev tvungna att åka tillbaka.

Allt eftersom, jag vandrade fram; helade mig själv; även helade mina farföräldrar; helade mina kära barn; helade min inre och min själ; mitt ego skärpte sig och tog många steg tillbaka den kom i skymundan; det lämnade mig i fred med att vara mig själv. I tillstånd av total befrielse från allt som var, min själ steg fram utan rädsla och hänsyn eller hämning, jag blev den lilla flickan som älskade sjunga, aldrig någon sagt till mig till mig här har du en sång, varsågod och sjung till texten, nej; ur tomma rummet, ur sprickor och grenar i mina lungor och strupe kom ljudet fram; i den föreningen med själ då var jag i extas och själen hade kommandot. Den fridfullheten och dimensionen kände spanjorer bäst och snart skojade de med mig; jag var en pilgrimtjej som sjöng för djuren längs vägen till Santiago. De gav alltid fina kommentar och feedback när de passerade förbi. När jag sjöng för kosorna, kom djuren faktiskt närmare och de var lika förvånad som människor, de stirrade på mig och visade sitt nöje med att höra musik. Skönheten i naturen var förförisk och tog mig dit där jag borde vara. Det var en underbar och lyckad dag; jag såg många vackra kosor på väg till hage, Jag såg dem men inte som kosor; jag såg deras själ, De var annan i min ögon, de var på väg någonstans i den här världen. de tog varje steg så Peace full och de bar sina mäktiga virvlande horn och snälla ögon på sitt gigantiska huvud full av enorm styrka och ödmjukhet. Att få se dem så tysta och oskyldig gå mot en ovisshet; berörde djupt av mitt hjärta; tiden blev stilla, inom en sekund av ett ögonblick; gick en blixt tvärs genom mitt huvud och Jag undrade om vad dessa varelser skulle tänka eller vad de hade att säga oss om livet och om världen; om de bara kunde tala och berätta om sina känslor, sina historier och vad de tyckte om oss människor. Vem skulle någonsin i hela världen ger sig rätt att skicka dem till gjuten och hugga av dess mäktiga huvud och ta livet av dem. De gick säkerligen varje dag in och ut i samma väg, de åt kanske samma mat, och de sov på samma skitiga och fuktiga plats. Vad skulle de egentligen säga om sitt monotona liv; om de bara kunde säga några ord, men ändå var de så tystlåtna, lugna, nöjda och charmiga med det de hade i var enda dag av sitt live och förtjänade mänskligheten, utan någon klagan eller aggression mot någon, eller något.

Den dagen när jag passerad förbi den stora och vackra pilgrim Snäckan vid fontänen, tog jag några vackra foton. I tre dagar hade jag varit sur och irriterad på min onda rygg och mage. Jag tog Omeprasol tabletter mot magbesvär, och sjöng hela vägen ; på väg till Sarria stötte jag på Su från Canada, hon hade vandrat Camino många gånger tidigare, hon hade även skrivit böcker om sin vandring , Su gick nu omvänd , hon hade varit redan i Santiago och gått i 13 dagar , Su gav mig goda råd att fortsätta min Camino efter Santiago, hon tyckte att jag skulle ta en sten och ge alla mina sorg och bekymmer till stenen sedan lägga den i de heliga platserna under vandringen för att hela mitt liv, den iden; tyckte jag mycket om. vi växlade adress, när jag kom hem skrev jag till henne. Su var nu på väg till min Jesus i Villa Franc Jag såg också ett par från Holland, de hade en jättefin vagn med sig, jag önskade den för min nästa vandring. Det här part hade börjat sin vandring från Holland i december månad, de hade passerat England, Frans, och sist till Spanien.

På kvällen hamnade i en albergue som hete A, B, C, bara ungdomar härjade på översta vanningen, när de kom in, lade de sig på en gång och somnade till. Här ifrån hade jag 100 km till Santiago. Bara om fem dagar skulle jag hinna dit. Där ifrån ska jag ta min väg mot Finistere (världens ände). I staden Santiago skulle jag fria min heliga vandring till Santiago. När jag hade passerat genom olika byar på morgonen, tyckte jag så synd om människor som bodde där för det luktade så för farligt stark, jag var på väg att kräkas, en hemsk lukt, en blandning av Bajs och DDT, svepte in de flesta byarna man passerade förbi. Jag vägrade att stanna i Calvor. 6 km intill staden Sarria . jag var så tacksam och så övertygad om att änglarna i Camino var vid sidan om mig hela tiden och hjälpte till mycket så att jag kunde go vidare; änglarna stötte jag på hela tiden, jag kände jämt deras närvaro, det var så påtagligt. När jag försökte

112

vände mig om för att se dem; gjorde de sig osynliga; ibland blev de synliga som fjärilar, fåglar, kalvar, kosor och de visade sig i form av otrolig hjälpsamma människor så att jag kunde se deras form och skönhet och de beröra mig stark.

28 / 05 – 2010   Jag befann mig i Ferreiros. Jag kom ganska sent i väg, för jag var på posten, Min kompis Adega gav mig förslag att skicka min ryggsäck i väg. Jag blev faktiskt fri från den och det kändes så bra. Jag tog bara handduk och sovsäcken med mig. För min oroliga mage köpte jag kol, jag hade inte tid för en siesta (en tupplur). Adega hjälpte mig att boka en säng i Ventas de Naron inför nästa etapp. Jag behövde inte stressa mig för kommande dagen. Middagen blev en god måltid med ris och kyckling. Här träffade jag Milagros igen och Rosi som var enorm kärleksfull. I den albergue fick jag te av den tyska kvinnan som var i Jose Manuels albergue i Burgos. På gården när jag var på väg att hänga mina tvättade kläder ropade någon på mig. Det var två män som hade spanat mig på något sätt någonstans under vägen, de började genast att prata och frågade mig om jag var den tjejen som sjung för kosorna, innan jag kunde svara på frågan; Milagros fick se mig genom fönstret och ropade på mig för att använda tvättmaskinen. Så jag lämnade killarna, senare på kvällen när jag skulle lägga mig stötte jag på de i rummet där några sov, den ena av dem tyckte att jag hade en sådan lugnade röst, och ansåg att jag borde ha varit en nunna i något tidigare liv. Det kändes så mycket kärlek i luften men jag hade mina tankar inriktade på Gud inom mig. Jag hade inte tid med

113

människornas känslor. Den dagen faktiskt hade jag stannat vid en hage i över en halv timme och sjöng för kosorna, de hade reste sig, kom närmare mot stängsel, de stod och stirrade på mig med sina stora och snälla ögon, enstaka korsor sträckte på sin hals ganska lång för att äta sig på grenarna. Jag fotade de så klart de berörde mig ju. Jag kunde bara vandra runt i Camino varje dag och göra världen en smula bättre genom att sjunga för korsorna och göra dem glada och lyckliga, tänkte jag för mig själv. På morgonen när jag var på väg till posten. fick jag syn på grisarna på bakluckan av en bil, de hade sträckta sina söta trutar i luften och luktade på allt i luften och andades in all doft som fanns rund om kring dem, det var så tydlig att de njut av den friska luften, så tänkte jag att liksom mina djurvänner borde jag njuta av den kärleken som fanns gott om över allt.

PORTOMARINA

Jag kom framme i Portomarin vid klockan 9 på morgonen. En stor sorg angrep mig över att min vandring och frid snart skulle gå mot sitt slut. Jag tänkte på vad Jose sade: Estas feliz con la vida, var nöjd med livet du. Vad var det egentligen som vi människor letade efter i vårt liv här. Vad var som vi hade tappat bort medan vi landade på joden, tänkte jag på snabbt. Den här dagen var hela mig inlindad i kristaller; på min sida stod Sant Jacob och håll mig i sällskap. Det här kändes så häftigt. Livet och Nirvana var ju kärlek, glädje och ljus.

114

Jag konfronterades emellanåt med en av mina värsta rädslor som jag hade burit inom mig, jag var ständig och automatisk rädd och orolig för pengar, penninglöshet och fattigdom var min ständiga ångest sedan jag var en liten flicka, jag begrepp aldrig varifrån och från vem jag hade plockat och förvandlade den till mitt liv still och jag gjorde den till vanna att leva med. Den var ju inte min egentligen; jag borde frigöra mig från den fattiga karaktären som tillhörde till mina föräldrar även generationer tillbaka; de var säkerligen drabbade av den under sitt liv och min mor var den mest utsatta personer av den sjukdomen, om de hade frågat mig innan jag kom till jorden; om jag hade velat ha detta liv då skulle jag absolut svara nej med det samma. – tyvärr än idag förföljer mig den rädslan som livet och döden. Den är så seg för den har levt i mig så länge och den har blivit allt starkare på grund av okunskap och mitt omedvetande, den vill inte gå i väg så att jag kan finna frid med mig själv och med livet. Den har förvandlats till ett mentalt sjukligt tillstånd och drabbat mig och min generation.

Jag bad för mig själv att ha tillit till egen kraft och till mitt liv, så att jag kunde leva i harmoni med mig själv för att jag kunde uppleva det okända mer och mer. Jag ville känna trygghet, den totala lyckan av att bara finnas till, och Den längtan hade jag ju burit sedan tidiga år i barndomen men ju mer tiden gick kom lyckan allt längre bort ifrån mig.

Jag delade med mig den mentala sjukdomen med hela
mänskligheten, som en liten unge härmade jag de vuxna som var
runt omkring mig, ofrivillig tog jag åt mig allt som var deras och
grundade egen personlighet och av det blev jag.

Det blev stagnation och friheten försvann. Den okända oron
plågade och nött själen i sin fångenskap. Frågan var nu hur man
borde frigöra sig av den sjukdomen som var gigantisk; det smärtade
ju, att inse hur främmande vi hade blivit med både livet; oss själva
och med osynliga. Varandet hade blivit jagandet efter obeständiga
mål, vilken resulterade i än nu mer förvirring och rädsla. Det
vilseledde oss från den vi var och det suddade bort vår sanning; Den
ignoransen öppnade vägen för alienation; och separation ägde rum,
barbariska krig härjade i olika delar av jordklotet; sjukdomar
erövrade och urholkade mänskligheten, Egoismen och ego kulturen
stabiliserade sig. Alienation tog sitt grepp om mänskligheten,
den magnifika själen i oss försvann i horisonten. Vi vände och vred
på livets innebörd; vi skövlade jorden, förstörde hennes vitalitet och
vi fortsatte ignorera. vi "civiliserades", genom förstörda skogar och
avhuggna träd, förgiftade haven och sjöar härskade över jordens,
som om vi var bara den enda varelse på jorden; den som en dag var
någon annans förblev bara min, och de andra fick förtjäna döden i
hunger och missar. Vi blev vi och de blev dem i fall de klarade sig;
utan samvetskval gav vi oss själva rätten att ge oss på kvinnor och
för armade de från alla mänskliga rättigheter så att de inte skulle
tänka, tycka och välja. och barnen skulle formas som schackpjäser

så att de kunde följa kraven från systemet inte efter en fri vilja och egna egenskaper som gjorde de kapabla att expandera.

Att våldtag tvååriga Barnflickor och slå sönder deras kroppar i Kongo är det mest fruktansvärda exempel på vår urholkning av de mänskliga värderingar gentemot de andra människor som är likvärdiga som all oss andra. Skapa skrek och krossa ett helt folk för att erövra deras resurs, och tillvaro vilken tillhör till vardags sysslor som den civiliserade människa har blivit stolt över och kan inte längre backa eller ger sig vika, de fortsätter att skapar nya metoder och nya strategier för att behärska sina rivaler och för att ändra världs kartan, för att ruffa åt sig mer och mer av jordens resurser ; så länge dessa människor har överta över resten av världen då har vi pågående krig, slaveri och grymhet som bara byter sitt titel till ett vackert namn ; vi byggs vägar och skapas transport möjligheter och jobb men ingen av lokal befolkning får rätt att ens veta vad de främmande folk sysslar med i deras land; de får inte rätt att ha ett jobb i sitt eget land på egen mark Kongo. En ny kolonialism som visar sitt grymma ansikte med en mask som verkar snällt, rara och hjälpsamma.

I min vandring vill jag inte befinna mig i mitt huvud för jag visste att det ställde till, jag valde glädjen i ställt för bekymmer, jag vill känna hur det var när en människa var riktig lycklig och glad. 29/ 05 – 2010 hittade jag inget spår efter den albergue jag hade bokat in mig, så jag var tvungen att vandra vidare ända upp, till Ligonde.

117

Jag letade efter en övernattnings plats där men blev rekommenderad att fortsatta till Airexe i stället, 1,5km längre bort, så jag gick in i den första baren för att ringa och boka en säng för natten i Airexe, Den albergue låg mitt i skogen. Här skickade jag några kort till mina vänner. På kvällen var det svårt att sova på grund av fest och Music i festlokalen mittemot oss. Vi kunde inte delta i dansen heller för att de skulle stänga vår albergue klockan 10. Vi ville inte bli utelåsta. Dagen därpå tidigt, i mörkret tassade jag ut på fötterna, lite senare upptäckte jag att jag hade glömt bort mina knäskydd under madrassen Jag gick i väg själv och hade min pannlampa på mig. Jag befann mig igen i ett kristalts ljus och bad för mina bröder, jag planerade att ta en dag i taget för att ber för kompisar, för spanska folket och den andra dagen för hela jordklotet.

30/ 05–2010 Från Airexe mot PALAS DE REI, gick det så fort, vid 8 tiden var jag framme. Det var en underbar morgon. Jag fick försatte vidare mot Melide,22-23km, jag tänkte stanna där, men en stark vilja drog mig vidare, mitt i vägen stötte jag på ett trevligt par, Lo och Rubin, från Israel och Brasil. Lo var från Brazil men Rubin hade ett mixpåbrå; från Iran och Irak. Vi pratade lite om politik och lite om poesi, vi pratade om den persiska sångaren Moehin, Rubin sjung några verser av honom. Han var så underbar. Till slut kom jag ända upp till Ribadiso, efter att hade gått 34 km, slog jag rekord med min vandring denna dag. Dagen därpå skulle jag gå mot Arca. 31/ 05 – 2010 Från Ribadiso till Arca. 22 km. Jag tappade min blåa tröja under vägen, Men hade kommit till en tyst och fin albergue med

118

Music på. Jag var nöjd med mig själv att inte stressade mig. här
saknade och längtade efter mitt hemland, sedan tonåren hade jag
inte åkt tillbaka och det hade blivit så länge sen dess; nu hade jag
levet mitt mestadels i Europa. Strax kort efter gymnasiet hade jag
lämnat Iran nästan för gott.

EN DIKT
Från dagboken:
I solens stråle
I mitt hjärta
Gömmer sig
En stor längtan!
Mitt hjärta gråter efter
Var jag en dag befann mig
Inne i min hud känner jag
igen tryggheten
av icke varandet! Jag undrar
Vad jag gör. vad jag säger
Vad jag söker mig i detta liv
Sant Jacob, jag har gått, i en månad nu
För att bedja dig om att hjälpa, hjälp mig nu (Ayuda mi)
Jag burit mitt inre barn med mig
Compostela Ayuda me – hjälp mig-
Många tårar har fallit
Många steg har jag gått

Por favor Ayuda mi –snälla hjälp mig

Jag lämnade allt

För hitta den förlorade

För att hitta mitt förlorade hjärta

Ahora ayuda mi por favor – hjälp mig nu snälla –

A mi, no save tu nada, como me siento hora – om mig vet du ej nu

hur jag känner-

Con mi camino! de largo camino – med den stora och eviga camino

(den inre vandringen)

Camino de interior.

Tiempo por la vida-tiden genom livet.

Por favor Ayuda! – snälla hjälp-

Como recoger paz – hur kan jag få ta fat på inre frid-

I mi Corzon, como; por favor diga me- i mitt hjärta, hur snälla hjälp

mig

Ayuda, mi a hora – hjälp mig nu –

Antes que yo llego a Santiago por favor – före jag kommer till dig

till Santiago

Dios por favor - snälla Gud

Jesus por farvor – snälla JESUS

Sant Jacob por favor – snälla Sant Jacob

Si esta todo illusion! por favor – om detta är en illusion-

Por favor habla con migo- snälla prata med mig

Por favor, yo no puedo boscar mas – snälla jag kan inte leta mer-

Ayuda mi ahora- hjälp mig nu-

Gracias – tack

Yo soy una chica de dios- jag är en dotter till GUD-

Verda !!! – är det inte sant!!!

Que yo puedo hace para ti - vad kan jag göra för dig-

Sant Jacob de Compostella – Sant Jacob från Compostella-

Halbala con migo por favor – prata med mig snälla-

Jag tog mig själv hit här på caminos väg, imorgon få jag se,

Igen känner igen min själ och hennes längtan efter Gud

Por Favor Sant Jacob ayuda recontar Lo.

Snälla Jacob hjälp mig att möta GUD.

I SALCEDA

Det blev en höjdpunkt i min vandringsväg den här dagen, långt efter "SALCEDA" Jag bevittnar en magnifik känsla av både lyckan och glädje att få uppleva livet på jorden. Ett bevis på skaparen och dess skapande kraft. En vacker och kärlek full; kormamma; på ett mjukt gräs, i skuggan av ett träd; under beskydd av ägarens enorma kärlek, födde sin ljusbruna kalv. Den lilla mirakel, skulle hetta" Santiago"; för det var bara 20km ifrån staden Santiago de Compostela. Den vackra scenen drog allas uppmärksamhet till sig, även polisbilen stannade upp. För att delta i den pågående kärleksfulla dansen och dansaren själv, kormamma, slickade ungen och mellan åt ropade och Muade till av glädje. Hon verkade tala om för omgivning att detta bara kunde ske bara i hennes samspel med universum, och Bonde värnade om kormamma med en enorm ömhet och hänsyn. Han visade sin saliga glädje och stolthet; hans ansikte var förvandlad till en sol på sekunden, deras glädje ekade runt omkring och vi åskådare välsignades av det pågående miraklet. Jag var så välsignad att vara med och få den glädjen, och tackade alla goda krafter som gav mig aningar för bara några minuter innan, så jag sprang i väg för att vara med. Lite senare när kormamma och bonden var i fridfulla ställning och belåten; sökte de sig till lugnet; och de drog sig tillbaka hem och vi pilgrimer drog oss framåt mot Santiago de Compostela. Jag tog många bilder av dem.

MANEN MED EN VITT ÅSNA

Innan ankomsten till staden Arca , såg jag en utställning i en galleri, jag gick in direkt och njut av de vackra motiven som mestadels var från bergen och haven. I Santa Irene, hittade jag en albergue som skulle öppna vid klockan 13, så jag fortsatte mot Arca i ställt, efter liten stund fick jag plötsligt syn på en annan underbar scen igen, En äldre man med en vita åsna (borra) satt intill ett träd längs vägen; han hade också en hund med sig, Åsnan som var så hungrig, böjda sitt huvud mot märken; han märket ingen främmandes närvaro. Jag stannade upp och tog en paus, manen hade vandrat från den gamla staden Cadiz i Andalucia till Santiago, och nu var han på väg hem tillbaka till Cadiz. Han var en klok som var förbannad på den pågående missaren mot kvinnor och barn i världen; Hans uttalande berörde mig stark och jag började gråt; han tröstade mig med att jag inte skulle behöva bli så ledsen.

Det var en stark De Ja` vu upplevelse, och många barndomsminne dök upp. Från Denna dag skulle jag vandra i lugn och ro.

Av hela min Camino hade jag bara den sista etappen kvar, jag planerade att stanna och övernatta i Monte Gozo, med mig hade jag ett extra telefonnummer ifall jag inte hittade någon sovplats i staden Santiago. Allt var spännande och ovis, precis som min barndom när jag hade åkt i väg med min mor till en helig plats strax efter min systers bortgång, jag var verkligen förväntansfull att träffa på ett mirakel.

Jag var i behov att ta tillbaka mina egna krafter och den förlorade självkänslan så att jag kunde helas. Jag behövde tro på mig själv, och lita på mitt livs kraft. Det skulle bära mig långt i framtiden trots den trassliga barndomen. Den självkännedom porten borde jag passera genom så att jag kunde komma närmare mig själv och stabilisera friden inom mig, genom frid och acceptans av eget varande kunde jag leva i harmoni, ingen annan skulle räcka" Den "till mig. Jag orkade inte längre kämpa emot det som var. Jag var tillräcklig bra som jag var redan– I was good enough –; jag var tillräckligt bra; jag behövde inte kämpa extra för att bli någon, bara erkännande av mitt eget varande fattades - no fight anymore ingen kamp mot livet. Jag var ju en magnifik skapelse av min skapare. Det som behövdes var ett öppet hjärta att acceptans och förskonas för att kunna hänga med livet. Jag insåg det så klart att distansering från allt som surrade runt omkring mig var nödvändigt. Jag hade kraften och insikten att fritt göra mig från alla som hade gjort mig illa och de som hade givit mig enorma smärtor och sorg.

Stillhet och lugn kunde hjälpa mig att få lite utrymme för att andas ut när yttre världen trycker på och vill kväva och ta livet ur mig. Jag behövde passera den pärleporten en sådan port jag hade jag alltid letat efter, men hur kunde jag hitta porten och var någonstans var den.

SANTIAGO

1 juni 2010 Klockan 5,30 vaknade jag. Från Arca gav jag mig i väg mot Santiago. Antonia från Madrid dök upp plötsligt vid expeditionen och hon välkomnades att ha sällskap med mig trots att jag alltid velat vandra ensam i tystnaden. Hel vägen pratade vi. Vilket jag innerligt inte var så förtjust i, klockan 11 kom vi till Santiago, väldigt lagom tid, klockan 12 skulle vi delta i mässan i katedralen och Antonia skulle redan återvända hem så snart hon fick möjlighet; så under tiden hämtade vi vår Certifikat från den särskilda byrån i närheten av Katedralen. Här blev jag så berörd men stolt över min egen gudomliga styrka och salighet över att klarade av den heliga vandringen till Santiago De Compostela.

När vi kom in i själva staden; Santiago; folk betedd sig annorlunda, de vägrade svara på våra hälsningar, det fanns inte heller någon särskild mottagande av pilgrimer som öste in till staden Santiago. Efter mässan Antonia följde med mig till en bar för att köpa något att äta för jag hade plötsligt blivit drabbad av en oväntad hungerkänsla så fort jag kom in i staden Santiago. Manen bakom disken bjöd på några" Corazoner "; deras köket var fortfarande stängd; det inga färdiga sandwichar heller. Jag och Antonia växlade vår adress och skildes åt snabbt, jag sökte efter min ryggsäck som jag hade skicka dit per post. Jag återvände senare till baren för att köpte en macka.

Jag hittade ingen sovplats i stan, så jag vände mig tillbaka till manen i baren för att be om hjälp. Han gav mig en adress men det var så svårt att hitta; till slut på något mystiskt sätt hittade jag en albergue utanför Santiago. Jag åkte dit; där blev jag kvar för några dagar; tills jag kunde återhämta mig; jag behövde skaffa information för fortsatt vandring till Finistere- (Slutet av världen) - Där landet (Spanien) avslutades och kvar blev bara en mäktig och vidgad ocean så länge ögat kunde nå dess horisont.

Slutet av Camino blev mer känsloladdad och sårbarheten smög sig under min hud. Jag upplevde enorm tomhet och ångest; nästa kom jag tillbaka tidigt till katedralen. Den starka energin som virvlade runt om kring de höga kolonnerna drog mig till sig och svepte in mig i en kärleksfull mantel; jag var liksom en fångad fisk i ett nät, med all beundran stelnade jag i den; barndomsminnen väcktes till, jag ville ta all doft av rökelsen som cirkulerade runt. Jag blev barnet på nytt; Allt var mäktigt.

SANTIAGO DE COMPOSTELA

Det här året var Sant Jacobs födelsedag och de hade öppnat portarna till Katedralen, både den heliga porten- Portico Santo- och den Ärans port – och Portico de la Gloria- I vanliga fall kom folk in i kyrkan genom den Gloria porten. " Portico Santo " öppnades bara för" heliga" år vilket var det här året; år 2010.-vid hög tider, kom alltid extra besökare-. Den mäktiga Botufumerion svängdes fram och tillbaka i Katedralen, den var en gåva från Vatikanen i Rom; den vägde 54 kilo och 8 personer tog ta hand om den när den skulle tändas för en ceremoni, en av de killarna som brukade vara med var Angel, min nya vän som jag fick köpa en Sandwich av. Han var enorm snäll och respektfull.

2 juni 2010   Var jag i kyrkan igen när Angel skulle ha rökelseceremonin med sin grupp; snart gungade el Botufomerio fram och tillbaka. Efter mässan och Jag fick aldrig nog av den. Efteråt vandrade jag vidare runt om katedralen sedan gav jag mig i väg till turistbyrån för att få ta på en karta över vandringsleden till Finister, där stötte jag på tre spanska män som hade ångrat sig att fortsätta vandra vidare, så jag fick ta dela av deras egna privat papper; vilka gav tillräckliga informationer om vägen till Finistere. Jag var så tacksamt för detta.

3 juni 2010 Det var en tidig morgon, jag var intill Katedralen och söket efter några signaler om vägen till Finistere och jag fann inget så jag gick in i en liten Cafeteria i närheten för att ta en kopp kaffe och äta frukost. Här passade jag på att fråga killarna därinne om de visste om vägen till Finister ; då fick jag plötsligt bekantskap med en man som satt där, jag frågade honom om han också var på väg till Finistere; det var han inte, i stället bjöd han mig till sitt bord där han satt och vi pratade liten stund innan jag skulle gå vidare, så han frågade mig om jag hade varit den persiska flickan som pratade om Jalale- Din Rumi längs Caminos väg . Jag svarade honom, ja och han berättade att han kom från Kalifornien, men hade en indisk – Pakistans bakgrund och hade immigrerat till USA. Killen var medlem i en Sofi grupp i Kalifornien. Vi växlade våra adresser.

Jafar och jag tog far väl; efter det riktade jag mig mot mitt mål; Finister för att fortsatt min vandring. (Jajale – Din Rumi ; var en stor poet, mystiker och filosof från Persien under 1200- talet.)

4 juni 2010 Jag tillbringade natten i staden Negreria 22km längre bort i från Santiago. Klockan 6 väcktes jag av prasslande ljud; några pilgrimer skulle tidig rusa ut.

Jag kunde inte ens stå på benen. jag behövde bara vila för att återhämta. Klockan 8,30 beställde jag en taxi för att ta mig till ett privat värdshus. San Joses värdshus kostade 20 euro per natt. Jag fick ett rum i en sal med 4 bäddar, men ingen var där än så länge. Jag tog en lång varm dusch och sov till klockan sjutton på efter middagen, efter en halv timme gick jag till "Centro de Salu" - Hälsocenter - som låg intill vår albergue. Jag fick anti inflammatoriska mediciner och rekommenderades vila och förtäring av mycket vatten. Jag lagade egen middag; kyckling med ris. Senare på kvällen ringde jag min älskade Rafaela i Andalucia och en vän till i Stockholm, jag tackade de för att de ställde upp för mig innan min resa. På natten drömde jag att ett av mitt älskade barn vandrade över berget och han verkade vara orolig så Jag gav besked till honom att han var välsignade och allt skulle ordna sig för honom. Föregående natten hade jag drömt att jag befann mig i ett rum; men i detta rum fanns ett annat rum, i det rummet fanns det en jättestor björn i fångenskap och var fast kedjad i halsen.

Jag blev skräckslagen av den björnen trots att det hade funnits en stora galler mellan mig och den björnen, jag bad plötsligt till björn att inte skada mig, i samstånd kom en man in, han försökte stänga gallren ännu hårdare men jag hejdade honom för jag älskade den björnen. Den björnen var så pass stor så att den rymde hela rummet. Näst kommande dag kom jag att tänka på att denna björn borde symbolisera min själ som var stark och stor men jag hade aldrig varit utsläppt i det fria för att leva ut som den hade velat och jag hade bara trängt den undan i ett stort fångskap. Jag hade aldrig någon kännedom eller koppling med den; jag var så alienerad till mig själv. Björnen representerade egentligen både saknad av en real familj livfull av kärlek och själv tillit.

Jag bestämde att stanna och vila upp mig för några dagar i den befintliga albergue. I staden Santiago skulle jag stanna upp en – två dagar till extera, för att uppleva stämningen i den mäktiga katedralen. Jag längtade efter att gå runt där och köpa några små souvenirer till några vänner. Det kändes att resten av min vandring-Camino -skulle bli ännu mer spännande.

NEGRERIA

Min läkare på "Centro de salu " i Negreira var så sympatisk, hon medgav att mellan 22 till23, även 25 km; vandring per dag var lämplig för mig. Jag var så lycklig att jag kunde kommunicera med folk, jag älskade att talade spanska med dem; och den kom alltid från en plats av hemkänsla i mitt hjärta. När jag var tidigare i Spanien, varje ända gång blev min själ dränkt i ett enormt lyckorus att vistas där. Citat fån dagboken: " Jag bara behövde lita på livet; jag behövde lita på min egen gud, behövde lita på min ande; behövde lita på min inre kraft och behövde lita på universums dolda mysterier. Jag behövde bara vara lugn och hålla mig i harmoni med min kropp, mitt hjärta och min själ. Resten skulle falla på plats av sig själv. "Amen Slut på citatet 5 / 06 – 2010. Det hade kommit en stor grupp från Portugal. jag hade mycket ont i både knän och fötterna. Jag var sugen på pasta och ville laga mat. I köket skojade jag med folk; jag vägrade ensamheten nu och ville ha sällskap, Tjejerna som arbetade på albergue var enorm sympatiska, vi hade många samtal med varandra. Längs min Camino hade jag velat vara själv, jag sökte inte efter att få något eller någon, jag hade redan

129

lämnat ägandet och längtade efter inre frid. Min längtan efter den lilla friden, tystnaden och den bedövande skönheten, var stort. Jag hungrade efter den upphöjningen och jag vill gå in i den för komma till ro, jag hade bara en glimt av den känslan att huvudet ställde till för oss, Här i Camino behövde jag inte mitt huvud; förhoppningsvis hade jag lämnat det någonstans. Jag var så trött på det. Här ville jag en glimt av förening med mig själv; den saliga jag som jag hade någon gång glömt bort. Här förhoppningsvis skulle Sant Jacob lyfta upp mig och skänka min själ i den sanna kärleken. Jag hade släppet taget om mig och behövde inte tänka på mitt omgjorda jag, min själ ville återuppleva sig, kroppen ville lösa upp sig, öppna alla stängda dörrar och lämna plats åt den orörda kärleken, själen krävde att ta sin plats, se sig själv levande, bekräftad, och redo för att dansa med livets underliga dans; i frihet och för evighet. I Camino de Santiago rymd all skönhet i hela världen Utan den minsta tvekan.

6 juni 2010; Två dagar var jag i albergue San Jose. Denna dag; den 6 juni; solen strålade men luften var så kylig, jag behövde skaffa en regnjacka, smärtor i knäna och fötterna gav sig inte Jag saknade den stora Camino; dess kärlek och frihet. Från och med nu den svåra frågan var; hur man skulle leva vidare fram över så att Caminos ande (nuet och inre frid) levde vidare inom en, så att man kunde någorlunda bli sams med sig själv och leva i harmoni med livet, låta livet vara i fred. och förskönas med det så att vi kunde verkligen frigöra både oss själva och näst kommande generationen från all lidande .Historien har varit full av människans grymhet både mot

130

själv och sin egen art , mot naturen och djuren ; mestadels på grund av ivrigheter som drev ett folk slag mot det andra ; ägandet och ego förblev deras livs still och motivation , män krigade, dödade ; och samma tragedi spelades ut om och om igen av näst kommande generation , tills den nuvarande epoken .Vi skapade enorma utrustningar för att krossa den andra men aldrig utrustade vår äkta essensens av våra mänskliga värderingar så att kärlek och med känsla ta över. Tiden var ute för oss sedan länge tillbaka, om människan inte ville ta dessa utmaningar på allvar; om den inte resa sig diagonalt över det primitiva behovet, då tvingas vi till att utrotas med våra egna händer.

I universums hade inte funnits någon diskriminering eller något särdrag för utveckling av en specifik art, jordens resurs; delades ut till alla. Alla kom med samma rättigheter för att ta del av allt som hade alltid funnits. Barn föddes i Sudan, i Kongo, i Irak och Syrien för att leva och utvecklas inte för att dö av bomber eller av hunger. All detta missar grundades ju i vår arrogans, ignorans och separation vilken resulterade i alienation och stagnerade vår art som sedan urholkade planeten med en enorm konsumtion kultur som verkade aldrig ta slut.

Vi kan aldrig nå fred någonstans; varken i yttre världen eller i vår inre värld. Harmoni skapas på jorden när vi-mänskligheten- blir en samman hängande kedja som delar glädje, Sorg, kunskap och utveckling med varandra. Människan kan inte längre kliva över den andras lik och komma över på andra sidan med ett triumferande rop som vinnare av livet.

Vår lycka, vår glädje ligger hos allas glädje, vi alla är en samma satt och en förenade mänsklig kropp; vårt ego måste dö; vi måste släppa taget om våra egna kriterier och våra definitioner om hur en människa skulle vara eller leva. vi ska glädjas tillsammans och njuta av naturen; jorden och överlämnar en ljusare tid för nya generationen att växa. Låt oss delta i den nya historien som påskrivs av de människor som har arbetat hård i tystnaden för att utveckla mänskligheten i högre grad.

CITAT UR DAG BOKEN

Gud, jag hade lämnat mig i dig
Gud jag hade lämnat den materielvärlden
Gud, varje dag såg jag ditt mirakel och dina änglar
Varje dag såg jag dig i människor
Varje dag mötte jag dig i eget hjärta, och i min glädje
Varje dag mötte jag dig i min röst (när jag Song)
Varje dag kände jag dig igen i mitt varande
Gud hjälp mig att förstå mig!
Gud ge mig hjälp
Gud ge mig hälsa
Gud jag vill tjäna dig
Barmhärtige Gud hör min bedja
Här och nu, jag känner mig igen i dig

I Paz- i frid- i glädje över livet

I att vara på vår och din vackra planet

Med så många underbara människor, djur;

Träd, berg, blommor, regn, moln, kyla och varme

Yo recopar el mundo con save mas sober de ti dios

Jag erövrar världen genom att veta mer om dig Gud

La vida es mas bonita que antes para mi

Livet är mycket vackrare för mig nu än förr.

Ayuda ,dios que yo puedo esta con tigo cada dia y noche

Hjälp mig Gud så jag kan stanna med dig dag och natt

Que yo visto, antes la vida estava mucho duro y sufrimiento tanto

FÖRLÄNGD CITAT

Som jag visste, förr, livet var mycket svårare och lidandet var stort

Ahora , tu ; estas mas grande que todo de el mundo

Nu vet jag att du är större än allt annat I världen

Que la vida estas bonita y la gente estan bueno

Jag vet att livet är underbart och människor är goda

Que la tiera; pacha mama; esta forte, guapa; y amable

Moder Jorden är stark, vacker och snäll

Ell tiene mucho paciensia con nostros; pero nostros no

Som har mycket tålamod med oss som inte

Entiende mucho o save subre su generisita.

Begriper; eller Vet så pass om hennes hängivenhet

Dios y Sant Jacob!

Gud och den heliga Sant Jacob!

Yo espero que yo recoger a mi mismo

Jag hoppas att jag nå mig själv

Santiago como yo,Como mi corazon!

Santiago, som jag, som mitt hjärta

Santiago

Santiago

Sante de mi sante de ago

den heliga av det heliga

Sante mi corazon

det heliga hjärtat

Sante detras de mi ego

den heliga bakom mitt ego

Santiago gracias tack Santiago.

Sant Jacob gracias tack Sant Jacob.

Para ayudar me; recoger me Santo

Tack för din hjälp; att nå min heliga sanning

Recoger Santa de la vida; för ta tag i livets sanning, godhet

Santiago gracias; tack Santiago

Para recoger y recopar mi voice otra vess

ÖVERSÄTTNING

Tack för jag fick min röst tillbaka

Gracias para recoger mi realidad

Tack för att fick ta på min sanning

Gracias par tu amor in camino tack för kärleken i Camino

Gracias para todo los angelos y crytales   tack för alla kristaller och änglarna

Gracias para tu manta de lus que suportar me i mi vida

Tack för skyddsmantel som stödjer mig i mitt liv

Gracias para todos Miragelos   tack för allt mirakel

Extra tack till:

Gracias a Verana, a Jose Manuel, y Miracelos, a

Jesus, a Maria, a Adega, a Marta, a sus padre

A Lu, a Rubin, a Su a Jafar, a Adrian. a Rosi

A Antonia. ami Corazon Rafaela.

A Akiko, a Aina, a Beatrice, Halina

A mi Ninas, y a mi.

Tack till mina kära, och tack till mig själv

Amigo Jose Manuel:

så skrev Jose Maunel för mig

Escribe para mi:

Hombre esta feliz con la vida

 du måste vara nöjd med livet

No pensa a nada

tänk inte på ingenting

La vida estas a hora

livet är nu

Santiago es tu, y dios es Entra de ti   Santiago är du; Gud lever inom dig

7 juni 2010   Från min dagbok: "Dear Aposte la"

I feel , I hav a strong friend as you now in my life, I believe You will always help me after I coming to you. I had so wonderful time to be here, you give me so much blessing, you send me so wonderful people. You send me angels; you send me a company of them; already from beginning. You send me crystals, all of me and my body was covered in crystals, You swept me many times in your light, the strong lights. When the time was wasted, you touched me harder in my feet and, I felt it in my right feet, then I was sweeping in your loving light and peace again .You loved me and helped me in my journey to Finistere and you will always stay by me   even into the end of my life, because Jesus has promised me help, it is not any longer possible to continue a life in the same way as before after my visit, no way anymore. I am so sure, you have already helping me to change my life, since long time ago; even as I started my journey you been by me, I will every day remain me that you are always by my side and I will listen to your voice when you Are whispering in my ears, and I know you will call me to come back to Santiago again. Please dear Apostle, you know that I need so badly to get really peace in my heart, I need to become so sure that I am not any more alone, and I have always your company even I cannot see you by my own eyes. All the sorrow are away and I am free from all bad energy, my relatives and family are blessed, here by your Jesus and Apostle , I leave everything in your hands and go free and I will laughing at myself and everything around me as a new one on the earth.   slut på dagbokens citat.

Jag kände Apostelles heliga kraft virvla runt inne i min mage så påtaglig så att jag glömde propylens hastighet men dess kraft kittlade mig stark i magen. Jag hade känt den heliga närvaron hela tiden längs min väg även om det var allra först gången i min live sedan barnsben, jag tog mig till Santiago för att uppleva livets mirakel; detta hade jag längtade hela tiden sedan min systers bortgång. Kära Apostella jag kom till dig för att höja min tilltro till gud, visa mig mer av din kraft med kärlek, visa mig din totala närvaro och i förändring av mitt liv i guds väg; så som mitt eget hjärta förtjänade Guds glädje; höj min tro och visa mig att du hade berört mitt hjärta i djupet, förlåt mitt huvud att den gav sig i väg med raska impulser till Santiago. Var med mig nu käre Jesus och Apostella; mirakel hänt mig förr och nu, det vore kul att skåda och känna ytterligare mirakel i fingertopparna på mig. Mitt hjärta förbli utslaget vid gavel och mitt ego får slumra till sig i en sömn så den knappt kan existera längre.

Jag bord inte glömma att jag här, jag lovar att jag skall håll upp mitt fokus på de goda krafter och befriande tankar. Mitt hjärta verkade tala till mig att miraklet redan hade hänt längs vandringen; att jag hade ju börjat sjunga och min strupe hade öppnat sig efter barndoms hemska trauman; Min kropp och min själ hade helats och rösten hade blommat ut.

Vilken röst, vilken mod och vilken gåva, det var som om änglarna och de gudomliga sjöng genom mig Jag sjöng så ohämmad och hänsynslös; Jag sjöng för att hedra livet; för att hade varit i Camino Jag sjöng för kosorna, för trädet, för blommorna och havet. Mitt luftrör hade öppnat upp sig mot himlen och visade sitt mirakel, den här miraklen skulle jag ha med mig hem.

Jag hade längtad efter att sjunga " Ave Maria " vilken alltid berört min själ. Jag grubblade över att börja sjunga på nytt; även skriva upp egna texter. Jag ville gärna känna min barndoms röst och uppleva dess glädje på riktigt. När jag var liten sjöng jag bort vuxnas bekymrande värld; nu själv var jag stor och upplevde allt stärkare att sjunga bort allt. Det mest berörande av det hela var när jag kom fram till staden Muxia längs upp i Norr om Spanien; vid "Costa del Morte " - bort om Finister – kramade jag de stora blocken vid havet; lutade mitt huvud mot dem och ibland gömde mig bland de som om jag vore en professionell sångare och musiker. Jag hade ingen möjlighet att filma mig, den lilla jag hade spelat in själv på Mp3, försvann tyvärr av ett misstag vid nedladdningen. Havet hade alltid kallat fram starka känslor hos mig och bjudit in mig att sjunga ut mina känslor. Här kommer mer citat:

Recoge tu corzon

Recoge tu momente de la vida

Recoge tu alegria

Esta feliz con la vida

Oh, oh, oh mi amor

The only thing is valid of this life.

Oh, mi Amor.

Esta feliz with the life

Esta feliz with the light

Oh, mi Amor!

El Sol es Alto par Hoy

Esta como sol

Esta como sol alto y mas alto

Cada dia mi Amor!

La vida vas a su dirction

Mire, mi Amor

Todo bonitos, Estan cerca de ti

FÖRTSÄTTNING
Y mi Corazon! mire flores

Mire arboles

Mire los con ogos fliz

Couando ninos hallblar con tigo

Mire su algria con Corazon

Mire la alegria I cada cosa ! I cada dia mi Amor!

Dios es i todo y no es i nada!

Dios es I cada momenots de tu vida!

Mi Amor coge lo; por favor

Halelo lija

Halelo lija

Halelo lja

Mi amor

En kort översättning av den dikten:

139

Ta var på ditt hjärta och varje stund av livet

Var nöjd med det

Oh, min älskade

Står högt som solen

Se, du har allt runt omkring dig,

Ta en titt på ditt hjärta

Titta på blommorna

Titta på träden

Med nöjda ögon

Även när barnen pratar

Titta på dem med glädje

Varje dag titta på allt omkring med nöje

Gud är i varje ting,

Gud är i varje moment den passerar förbi

Snäll ta tag i den.

Halelolja

Halelolija

Halelolija

Mitt hjärta

OLVERIOA

8 / 06/ 2010 Efter min frukost på albergue" San Jose " vid klockan
nio på morgonen gav jag mig i väg men innan mitt avsked från
tjejerna kom Veronica med ett halsband " Konscha" till mig vilken
symboliserade lycka och tur. Med detta; gav tjejerna mig ett tydligt
och klart tecken att jag hade lyckan med mig så att jag kunde stanna

några dagar med dem i Negriera. Klockan var 15,30 kom jag fram till albergue " Miosious " På väg ditt fick jag sällskap av en portugisisk man som ville jämte prata om politik och eländet i världen, Jag hade ingen lust med det; Slutligen med lite mod blandade med rädsla; gjorde jag mig av med honom, här passerade sällan någon förbi så det krävde mycket uppförsiktighet av mig. Jag hade jobbigt att gå i de nya skorna, de var lämpliga för en kort vandring runt om stan, jag fick inget stöd åt mina ömma fötter. Jag tänkte på tjejerna Debora, Veronica och Victoria; I Negriera. Alla tre var enorm snälla mot mig. senare skickade jag dem ett tacksamheters brev. Under min vandring kände jag närvaro av de osynliga krafterna och jag befann mig i allt runt om mig. Från Negreira till Olverioa hade jag 35 km att vandra. Jag stannat upp i pensionaten "De Maronas", på vägen njut jag av en bricka Jamon och keso (skinka och ost); jag var inte då så allergiskt mot dem. På väg mot Olveiroa- , möte jag först ett par som hade grisar , kor, kalv och många höns, de var imponerade över mitt spanska språk ; igen 2 km intill Olveiroa , såg jag en stor ladugård med 20 kosor ; jag bara gick in , där fick jag syn på en svart kläd dam som tog hand om sina kosor , jag stannade hos henne för liten stund ; jag lyssnade på hennes livs historia, hon hade nyligen förlorat sin man och bar en stor sorg över att han inte var där längre ; hon var tvungen att ta hand om så många kosor alldeles på egen hand , jag önskade att bo där för att hjälpa henne . Hon fick bara hjälp av en släkting när det var outhärdlig för henne. Till slut För att ge henne lite tröst, berättade jag lite om mitt liv: Hon var så vänlig, hon erbjöd mat;

men vägrade att ta emot, jag välkomnade henne i stället att fylla på min vattenflaska.

CEE

10 juni 2010 Från Olveiroa mot Cee, var 20 km att gå. Här fick jag skåda en traumatisk händelse. Jag blev tvungen att reagera mot djurplågeri som pågick framför mina ögon, men min reaktion tyvärr räckte inte till för att rädda den utsatte. Jag hade landat i min albergue och var på väg ut på gatan för att se mig omkring. Det kryllade olika djur i alla hörn, de gick fri på gatorna; jag blev mer nyfiken, många pilgrimer gick till baren men inte jag, i stället två vackra getter drog min uppmärksamhet till sig. Jag gick till dem, för att känna mer av deras skönhet och för att ha lite konversation med dem. Plötslig en svag förtvivlad röst drog mina öron och ögon åt andra håll, den hjälplöse rösten krävde en reaktion, bonde körde skärran i väg med all hast; i den kärran hade han en liten nyfödd hundvalp in svept i en säck trasa, valpen skräckslagen försökte krypa ut för att komma undan döden. Valpen visste precis vad härnäst skulle hända honom. Förutom den trasiga säcken, hade bonden en stor sten och några skräp till runt omkring valpen för att osynlig göra honom; plötsligt fick jag sin på den och följde boenden, under tiden pratade jag med honom, Han körde tydligen rakt fram mot den forsande bäcken, Jag frågade honom om vad han ville göra, för jag letade en bekräftelse på min gissning. Jag erbjöd honom pengar för ett år att försörja valpen, om han vägrade döda honom, men han påstod att han inte kunde det för han hade redan många djur hemma; Bonden gav inte upp; till sist blev så förbannad på

142

honom och skrik rakt ut i hans ansikte att: Han var en mördare, Gud vittnade om hans brott och den fulla handlingen mot djuren; han förblev orörd, och jag skådade maktlös hans grymhet. Bäcken var tyvärr djup och gjorde mycket svårt att komma åt valpen. Jag bad en fridfull övergång för den lilla valpen.

De två vackra getterna på gatan var också hans. Jag skrek åt honom att han inte var värd att äga dem; Han hade separerat dem i från varandra. De var fast bundna i en kedja; de såg varandra men plågades av det långa avståndet mellan; ungen fick inte känna mors ömhet. På natten hade jag den lilla valpens ansikte framför mina ögon, den hjärtlöse boenden slängde valpen i de stormiga vattnen. Valpen chockerad sänktes med stenarna mot botten av bäcken. Och han kvävdes med det samma, utan att ha någon chans att krypa upp på land. Det gjorde mig ont.

Från Corcubion mot Cee, hade jag 18 km för att gå, jag hade förjävligt ont i fötterna- Förre klockan 6 på morgonen hade jag redan gått i väg. klockan 15 kom jag fram till den lilla staden, Cee, och frågade efter någon albergue; det verkade inte lätt och jag fick leta ännu mer, till slut kom jag fram till en källare lokal i en gammal skola; det var så kallt där inne. Staden var så vacker men jag orkade inte att vara nyfiken längre, jag var så pass utmattade och smärtor i fötterna hade ökat. Det var som om jag hade gått barfota; det gick inte att bära kroppen. Jag borde ha lättat på ryggsäcken. Här insåg jag att maten var en god vän, med Maten blev jag liksom ett med de osynliga krafterna. Jag gillade salami de Pompelona; och jag hade den ofta som pålägg på mitt bröd, det Katalanska brödet var unikt; otroligt gott och mättande. När jag kände ont i kroppen då längtade jag hem, Längs vägen imponerades jag av de mäktiga, stiliga Eukalyptusträden som sträckte sig mot himlen; hela vägen doftade så gott; Jag plockade några kvistar, som snare tog jag hem dem. Den dagen blev ganska lång dag.

FINISTER
11 / JUNI – 2010   Från Cee till Finister; klockan 7–8 började jag min vandring och gick 15–16 km efter att ha ätit min särskilda frukost;(Churro con caffe), den äkta Churro med café borde man egentligen äta i Andalusia i Malaga. Churro i Katalonien var långt ifrån sin imponerande smak i Andalusia . Hela vägen till Finister sjöng jag, jag var så salig och ytterst tacksam. Jag ville inte tro att min Camino gick mot sitt slut. Jag hade ju ett litet hopp kvar, den lilla staden Muxia hade jag kvar, den glade jag mig åt och släppte ifrån mig sorgen. När jag kom fram till Finister och såg det öppna och stillastående havet. slängde jag allt på märken och vadade och dopade mina trötta fötter i havet; mina ögon letade ivrigt efter vackra snäckor, sedan tog jag några foton och gick vidare. När jag kom till albergue i staden Finister satte jag mig i balkongen. Jag bestämde mig att stanna några dagar där; Sedan tänkte jag ta bussen för att återvända till Santiago. Jag väcktes ur min siesta av två unga personer som pratade om healing ceremonier, tjejen från Tyskland och hade skadat sig i foten; killen var från Spanien och hade samma intresse och studerade healing, jag hoppade in i deras samtal för det var mitt intresse med och hade lärt mig den. Tjejen hade planer att

144

åka till Indien och Thailand för att lära sig mer om healing. Hon var illa tvungen att åka till sjukhus, sedan resa tillbaka hem och undvika stress. Hon tänkte komma tillbaka senare för att hjälpa pilgrimer.

Efter 780 km vandring; under mindre än två månader, med några sjukliga dagar och arbetes dagar i Burgos; kände jag att jag hade gjort ett elegant jobb, tack vare närvaro av de osynliga krafterna i varje stepp jag tog. Tack vare Healingenergier! Närvaro av änglar och sällskap av Apostella.! Kände jag enorm kärlek och tacksamhet till ST Jacob. Om jag bara kunde tro på de gudomliga krafter inom mig som guidade och hjälpte till hela tiden. Det kändes att min oro var avlägsen för alltid; jag var fri! Jag hade helat min familj, mina barn och mig själv. Jag var enorm tacksam för all välsignelse.

Citerat Från dagbok med svenska översättning: " Käre Gud, Jag lovar att håll mig i sällskap med de goda krafterna fram över; och även utveckla den energin jag har burit från min Camino, jag ska behålla dessa energier och lugnet i mitt hjärta. Jag lovar att göra mitt bästa för att uppfylla mitt löfte till Apostella ST Jacob ". Jag frågade om hur jag kunde använda min konst och min musikaliska talang för att hedra de gudomliga krafterna.
Den dagen sjöng jag till guds ära med glädje.

12 juni 2010 Från Finistere gick jag mot till Faro Finistere för att bytta mitt värdshus, vid playa San Guliermo, la mar de tot. En tysk tjej som arbetade på kaffet; övertalade mig om att vandra runt och även går vidare till den närliggande stranden; vilken var så

magnifike. Men jag var på väg att begå miste om mitt liv. Efter att
ha bränt upp mina vandrings kläder i slutning av den högsta klippen,
gick jag vidare mot havet i hopp om att kunna hitta en väg för att
fortsatta neråt till den stranden. Bara två meter intill stupning av
berget någon kraft plötsligt stoppade mig och drog mig tillbaka; den
kraften var så skarpt och tydligt så att jag absolut inte kunde ta något
steg framför den andra foten, i samma ögonblick började jag skaka i
hela kroppen; sedan blev jag yr i huvudet och stannade upp. Här
blev så tydlig att någon från någonstans hål min arm och drog mig
tillbaka till livet. Jag kunde lätt händigt dö den dagen. Vilken tur,
tänkte jag att jag fick hålla fötterna stadig på marken och inte gled
ner vidare mot slutningen; hade jag tagit ett ända steg framåt då
hade jag glidit ner och ramla ner framstoppet från de höga bergen
mot havet och slagit sönder huvudet mot klipporna och dött på en
gång; utan att någon skulle kunna hitta ett spår efter mig och
kroppen skulle slitas med vågorna i bästa fall eller bli uppäten av
gamar och rovfåglar vid havet. När jag insåg vilken fara hade jag
undan kommit; kände jag att jag hade definitivt fått hjälp av mina
änglavakter. Denna dag för ovanlighetens skull; hade jag lyssnade
på den rösten som skrek kraftigt och utmanade mig för att backa och
stanna upp. Jag blev så tacksamt för att de krafterna räddade mitt liv,
hade mitt blodsocker skänkts bara i få sekunder innan, (på grund av
min hungerkänsla); då var jag inte kapable att höra deras rop förstås.
Jag kände mig real utmattad. Darrande och skakig; tog jag mig
uppåt genom de små buskarna, sedan hittade jag en smal väg ner åt
mot den vägen jag hade tagit mig upp över berget. Där nere fick jag

syn på en liten affär; jag köpte något att äta och dricka för att återhämta mig. Jag frågade folk om den rätta vägen till stranden; de hade inget förslag. Nerifrån fick jag se en glimt av de höga klipporna och tackade mina änglar som var vid min sida för att rädda mig. Vinden blåste hård över havet och vågorna virvlade runt i full gång längs stranden. Det blev nog för mig denna dag. Jag borde genast ge mig av därifrån.

LIRES MOT MUXIA

Dagen därpå var 13 juni; från staden Finistere skulle jag till Lires, sedan vandra vidare uppåt mot Muxia, 28 km.

I Lires över nattade jag i en privat albergue för 18 euro per natt, det fanns inte andra möjligheter. Sängen var härlig att lägga sig i, det var väl behövlig lyx, här åt jag havs mat vilken var mycket bättre än vad jag fick i staden Santiago. Det var många turister och svårt att hitta någon ro någonstans. Här; Från mitt rum hade jag fint utsikt över hela byn. Jag fotade solnedgången när jag promenad runt den lilla byn. De hade en stor fiskodling i byn, jag kunde inte förstå hur det hela gick ut på. Jag letade efter den lilla och smala bron mitt i skogen som skulle ta mig till Muxia, Men bron hade regnat bort av översvämningar sedan några veckor tillbaka och de hade inte hunnit reparerar den. Jag hade inget sällskap och jag ville inte ta någon risk. Folk berättade om att några pilgrimer hade passerat över den här bron tidigare, men några hade ramlade av i vattnet och skadade sig, så detta var inget för mig. För att ta mig till Muxia borde jag gå genom bergen och byar; inte över vattnet.

147

16 / 06–2010 Två dagar hade jag gått utan att skriva ett enda ord i min dagbok.

Vägen till Muxia var mödosamt, jag bara gick och gick; Det fanns bara enstaka familjer utsprida här och där överberget, det var svårt att fråga efter den rätta vägen. Någonstans; hämnade jag i en svår beslutångest; Framför mig dök upp plötsligt tre smala vägar; vilken väg skulle jag välja då ? det var dött och stilla runt omkring mig , det fanns ingen tecken på live, jag kastade en snabb blick runt omkring och fann mig omringad av underbara höga träd mitt i en okänd skog, under få sekunder med en ångestfull andning , kastade jag min blick mot marken och genast böjde jag mig ner för att fylla min hand med några fantastiska stenar som täckte hela marken , Stenarna hade grandios färger, jag kunde inte belasta mig med någon extra vikt; så det blev bara 6-7 små stenar . Mörkret närmade sig allt snabbare, så spontant tog jag mig till höger för att gå ner; jag gick och gick genom den tysta skogen, efter en liten stund hörde jag ljudet av ett fotsteg bakom mig; jag vände om då fick jag syn på en man som var på väg neråt, i början blev jag lite rädd. Han berättade att han hade vandrat genom den gamla vägen vilken jag inte kunde hitta för jag hade redan gått vilse från början Till slut.

STADEN MUXIA

Vid solnedgång kom jag ner till staden Muxia, första natten gick det bra för att hitta en plats för övernattning, nästa dag borde jag leta efter en ny plats, bara en säng att sova i och jag var tacksamt för det, i när liggande bar hittade jag Maria, mycket sympatisk dam; vi växlade våra adresser, under några år behöll vi kontakten men med tiden avtog den. När jag var i banken i Muxia; stötte jag på en man som jag hade frågat om vägen tidigare, vi bestämde att mötas vid stranden; Costa de la Morte, i den stranden; vågorna var så höga och starka så att de kunde svepa in allt och ta med sig till oceanen". Här reste sig upp en gamla romersk katedral vilken hade renoverats på nytt; men den var tyvärr stängd. Här sjöng jag som ett proffs och gick runt bland de mäktiga blocken som var högre än mig. Vågorna då och då slog till mot stranden och dränkte den med en stor mängd havsvatten, Dansen pågick ett tag och vinden gjorde vågorna sällskap; de tillsammans visade en enorm stryka och skönhet som i först hand skrämde livet ur en, men efter en sekund kunde fascinera åskådaren. Jag kunde inte låta bli att fotografera. Till slut fick jag sällskap av manen i banken; vi satt vid vattnet. Han överraskade mig med att fiska upp några ovanliga sjösnäckor vilka satt fast så hård vid klipporna och det var mödosamt att ta lös dem, utan ett särskilt verktyg var omöjligt att få upp dem. Dessa snäckor var nämligen efter betraktad för deras goda smak och de var mycket dyra i Spanien. Manen erbjöd på en ytterligare träff men Jag vägrade och tackade nej.

Nästa dag på marknad köpte jag en fin tonika som var så skönt och all daglig. Jag var nöjd med bara den. Jag hade inte möjlighet att laga mat.

TILLBAKA TILL SANTIAGO

19/ 06–2010   Då befann jag mig i Santiago igen. Från Muxia hade jag tagit bussen direkt till Santiago. På kvällen klockan 8 kom jag tillbaka till city igen för att hitta någon dansklubb. Men hamnade i katedralen, och deltog i mässan i stället, efter mässan gick några pilgrimer ut på gården med sällskap av en präst, då följde jag med, var och en hade fått en liten pappersbit för att skriva på om sina egna problem; efter det skulle varje pappersbit brännas upp för att frigöra var och ens börda. Sedan gick vi in på den stora scenen bakom altaret, där den heliga Sant Jacob stod. Vi pratade vidare om vårt syfte med vår vandring till Santiago de Compostela. Det blev en fantastisk stund med en unik upplevelse både för mig och de två andra till som fick prata ut och uttrycka sina känslor på scenen. Prästen ställde en fråga till mig på arabiska, men jag kunde inte svara på arabiska, i stället svarade jag honom på spanska. Jag visste inte varifrån orden kom till mig; upplevelsen berörde mig både i kropp och själ. Jag började gråta. En mexikans tjej höll i min hand för att trösta mig. Vi var alla saliga. Slutligen; prästen välsignade oss. Han gav mig några adresser för att söka efter några människor här hemma. Minnet blev evigt. Kvällen var magiskt. I staden Santiago köpte jag senare några suvenirer till vänner. Jag träffade min vän Angel igen; vi tog en runda runt katedralen, han erbjöd mig på mat men jag vägrade, Jag hade ingen känsla för nära kontakt; Angel önskade att jag snart skulle tillbaka till Santiago. Det blev inte heller någon fortsatt kontakt från min sida.

Jag hade begränsade möjligheter och det kändes tråkigt för att jag inte kunna hålla upp en vänskap. På natten drömde jag att min Camino inte var slut ännu och jag hade en svår del av den att gå genom. Den svårare delen av vandringen hade nämligen framför mig, den insikten fick jag senare: efter när jag och min dotter hade kommit tillbaka hem från våra resor.

Jag från min Camino de Compostela och hon från Syd Amerika. Vi hade vinter framför oss och hon skulle börja sina studier på universitet. En kall dag i början av vinter, i snöstorm och is, på väg till t- bannan halkar hon på isen och ramlar. I ena knäet fick hon en hård smäll och blev liggande i sängen, hon fick tre svåra år att härda ut på grund av en okunnig ortopedläkare på akuten på Södersjukhus som drog till hennes knä felaktigt. Den treåriga kampen av rehabilitering och behandling krävde enorma insatser av både henne och oss föräldrar. Livet hade vänt sig upp och ner; vi borde finnas till så att hon kunde står ut mot sina dagliga smärtor. En stark och modig tjej, som ändå hade bestämt sig att trots allt plugga färdig sin utbildning på Stockholm universitet. I tre långa år gick hon på två krickor fram och tillbaka till universitet.

20/ 06 – 2010 Jag var fylld av energi, kärlek och frid; så som jag hade börjat min camino , jag hade aldrig känt mig så fri som då. Mycket glad, mycket nöjd, - feliz- tack vara all välsignelse under min vandring. Denna dag var jag på två mässor i Katedralen; på kvällen ringde jag Rafaela och bad för henne. Jag gick upp och kramade Sankt Jacob, han svepte mig in i ett ljus mantel och sade skarpt till mig att gå ut för att njuta, jag gick ut och satte mig på ett kaffe mittemot kyrkan; där satt en engelsk tjej med sin far. vi alla skrattade och kände enorm glädje att vara där i Santiago. Angel dök upp och vi skiljdes åt från vännerna. Vi vandrade vidare mot parken, fotade och glatt lekte med vattnet som rann ner från en liten fontänen i parken. Angel bjöd in mig senare att delta i en mässa som skulle äga rum klockan 13,30.

ANGEL

Efteråt skulle Angels grupp tända på Botufumerion i Katedralen, Vilken mäktig Botufumarion, den svängde fram och tillbaka med sin kraft; framför altaret och häpnade alla som åskådade den imponerande ceremonin. En fantastisk upplevelse, med en gudomlig doft av rökelse som om den vore från en annan planet. Angel var en snäll person med integritet och visade stor respekt för mig, Han hade liksom många andra personer offrat sitt liv för att förtjäna Sankt Jacob i Santiago. När jag lämnade Angel, var jag så berörd av hans godhet.

Jag grät mycket efteråt. Han jobbade som en springpojke och utförde olika ärende för olika restauranger runt om katedralen. Allting trädde fram ju så stark i Camino de Santiago även en normal vänskap kunde vara så krävande; kanske för att man var mer öppen och sårbar där. Äkta kärleken hade jag saknat i hela mitt liv sedan barndomen. Den delen av mig vågade inte visa upp sig; sedan

152

barnsben hade jag tappt tron för andra. Det var kul att vandra med Angel, och vara barn på nytt och skratta högt tillsammans, Den enorma kärleken som han visade mig; hade förvandlat mig, Han gav mig en annan känsla av kärlek, för första gången kände Jag att någon gav mig riktigt uppmärksamhet. Angels närhet hade grävt upp många gamla känslor i min inre. Jag började få en glimt av kärlekens magi som ett fönster till själen. Min ovana själ tvekade kärleken när den hade visat upp sig i staden " Santiago"; Angels kärlek både berörde, skrämde; och sårade mitt hjärta. Jag var bara rädd och förtvivlad att visa tillit till honom, På väg till min albergue ringde jag honom för att uppskatta den gudomliga kärleken som han erbjöd. Jag bad om ursäkt för att jag inte var redo för att ta emot guds kärlek och vägrade visa tillit till honom. Jag sörjde i ställt. Det blev svårt att stoppa mitt gråtande hjärta att se kärleken öga mot öga, jag hade blivit förlamad och stum. Jag var stagnerad och hjärtat gjorde motstånd. Varför skulle jag behöva uppleva enorm sorg i stället för glädje; jag ignorerade mitt hjärta och vände ansikte mot den; och jag sjönk i djup sörj så att jag verkligen grät i dagar. I stället för att ta emot den kärleken och växa i den.

Jag var i en helig stad och den vimlade av starka energier; den energin angrepp mig ju redan i den första ögonblicket; När jag hade kommit in i staden Santiago, Plötsligt var jag drabbad av en enorm hungerkänsla så att jag sökte efter mat; men vilken mat; mat för själen eller för kroppen; eller kanske bådadera. Angel dök upp som en spegla av min själ; min längtan blev plötsligt hans; och vår gemensamma ensamhet smälte samman därför allt blev så stort och starkt och det gjorde mig så ont. Han dök upp för att tala om för mig vad det fattades i min tillvaro; den äkta kärleken till mig själv så klart i första hand. Angel förkroppsligade saknaden av fars kärlek i min barndom. Han visade mig en bristande balans i mitt liv. Angels kärlek gav mig insikt om vad en kvinnans värdighet handlade om; särskild i det partialkalla och diktatoriska samhället som jag hade vuxit upp i: Hur kunde jag förstå kärlekens innebörd när jag inte hade fått kärlek och inte tagit min reala plats; I hemmet, i skolan, i de svåra politikiska situationerna; I yrkeslivet och även I mammarollen. Traumatiska barndomsupplevelser såsom fars frånvaro under uppväxten; tonårs kränkande upplevelser från familj medlemmar; uppväxten i en anti kvinnliga tradition och i den patriarkaliska kulturen; allt förgiftade ju min egen tillvaro och min relation till kärleken som i sin tur påverkade mitt förhållningsätt till män.

Även om en röst uppmuntrade mig att lämna katedralen för att gå bland folk och hedra   livet; kunde jag inte bryta mot mina gamla vanor för de hade ju vuxit till och blivit en del av mig, därför sörjde jag och grät så förfärligt efter mitt möte med Angel. Två saker berörde mig stark: Den första var min ensamhet och Den andra var min ekonomi. Detta var inte på grund av att jag inte var medveten om eller inte var villig att gör något åt saken, snarare var detta en konsekvens av att jag hade åtagit mig mors öde och delat det med mig, det verkade att hennes liv var tatuerad på min panna;"

Fattigdomen hade blivit mitt öde också", trots all min kamp för att komma genom den. Min ensamhet var en svår inre komplex, den lämnade mig inte ifred.

Den ekonomiska prägeln släppte inte sitt grepp om mig. Far var frånvaro och mor var benägen att av kopiera sig själv på mig; när det gällde killarna, mor krympte ihop själv, hon blev alltid sist i rangordningen i denna familj. och jag som hennes avbild lärde mig att backa oftare för att låta killarna ta över. Far minimerade mor till en ensam och desperat kvinna. Hennes liv blev mer och mer trist genom åren som gick. Hur i hela världen kunde hon ta hand om oss alla 7–8 barn.

Hon hade ingen chans för att känna av eller bli någon; hon blev mer och mer neurotisk och deprimerad. Hon var mest ensam och bitter över sitt liv. Far fanns inte i familj livet, för att ge henne något stöd; och ge barnen någon trygghet. Mor fick bara då och då en liten blygsam summa pengar av honom för att försörja oss 7–8 barn; om vi klarade svåra sjukdomar och undan kom döden förstås; mor tyvärr förlorade ett antal barn vid olika ålder. Hon åt sig aldrig mätt, och lett killarna äta sig mätta och hon lärd mig också att smyga undan tidigt i tystnaden, hon blev tvungen att sköta några höns för att få lite hjälp med vår försörjning, det var ett ständigt dilemma med hönsen också för de blev sjuka och de dog; hon var illa tvungen ibland att avliva dem för att mata oss med dessa sjukliga hönsen, detta var ju svårt och väckte känslor hos oss barn; ibland på

155

kvällarna härjade räven och ströp halsen på hönsen och tjuvade bort dem när vi låg och sov. Ibland tog jag hennes sjuka höns i famnen för att hela och bota dem men det hjälpte inte till för att jag inte kunde den rätta tekniken. Jag hjälpte min mor med medicinering av hönsen. Jag delade med min mor all smärta och elände hon taklade med i sin vardag, mina bröders tonår och revolt var ett av värsta minnen jag hade upplevt i barndomen, mor var maktlös i sin ensamhet och jag var vettskrämd av deras aggression. Jag kunde inte hjälpa mor att komma ur den ångestladdade tillvaron hon upplevde varje dag. Det fanns ingen trygghet så att vi kunde känna tillit och stabilitet för att luta oss mot, vilken hade en stor betydelse för vår framtid: Det enda tröst för oss alla barn förblev den starka medkänslan och kampen mot de pågående orättvisorna i samhället. Den visionen blev vår drivkraft, för att ta oss vidare i livet på både ont och gott; den gav vårt liv en mening, allt annat fick mindre betydelse. Så vår smärta i vår olyckliga barndom smält samman med mänsklighetens smärta, och vårt öde och elände förblev ett med alla på jorden.

Att hela mänsklighetens själ krävde både mognad och förstånd; det krävde kunskap och gav ett stort ansvar; det var svårt att ignorera och blunda för. Jag kände mycket tacksamhet till både mor och far som hade rest till andra sidan medan jag var tvungen att fly från diktatorn i hemlandet.

Cita t från min dagbok:

Please Apostella let me to be in peace.

Give me strength

Give me your light.

Let me be protected.

Let me be a shining light for all around me

Please let me stay in peace.

Please do not let me be alone by myself.

I promise to keep me going in peace by focus on happiness.

for coming to a place of freedom. Amen

Snälla Apostella låt mig vara I fred

Ge mig stryka

Ge mig ditt ljus

Låt mig vara beskyddad

Låt mig vara ett strålande ljus bland människor runt omkring.

Snälla Apostel, Låt mig att befinna mig i frid, snälla låt inte mig vara ensam med mitt ego

Jag lovar att gå vidare med fokus på glädje och Komma i ro med mig själv. Amen

ÅKER HEM

21 /06 – 2010 Så var det dags att åka hem och återvända till den världen som jag inte orkade att befinna mig i. Jag satte mig på en bänk i Santiagos Airport och jag vägrade att åka hem. jag grät stort ur mitt hjärta. Ett underbart par plötsligt kom fram till mig; de själva var på väg hem till Tyskland. De tröstade mig med tanken att snart

157

skulle jag återvända till Santiago igen. När jag anlände till Arlanda; allt verkade vara så tråkigt och ostimulerande, jag ville inte se någon betongs byggnad, jag var så Ömtålig att vara bland människor. Jag gick bara till den plats där jag kände mig hemma i Stockholm; jag gick till Rosendals trädgård, fast några kompisar släppte inte taget om mig, den ena ville gå på promenader och den andra ville prata jämt med mig, den ena bjöd mig hem till sig och överraskade mig med levande suvenirer; tre skadade små sjömåsar för att om händer ta, fåglarna hade gått oskyddad på hennes parkering i några dagar. Hon hade varit så orolig för fågelungarna som lekte oskyddade på hennes gård, så jag tog hem dem i min balkong; varje dag köpte jag kött eller fisk för dem. Jag tog dem ofta till stranden för att bekanta dem med havet; till slut efter tre månader fick de gå till ett vildfågelvårds institut för att öva de flyga och leva en normalt sjöfågel liv. Nu var alla fåglar friska och skrikiga. Efter vandringen; gav jag bort allt det fina jag hade hemma, jag ville inte ha så många saker längre. Jag längtade bara att få min data för att sätta in alla mitt foto och titta på dem. Utan att ha en särskild plan började jag intuitiv måla mina upplevelser som Jag hade sparat i mitt hjärta, de förde jag på duk och papper, vad som kom till hands, det tog mig en månad intensivt arbete för jag hade inte hunnit med något måleri under min vandring.

Efter att en kort tid; dök upp en tanke att ordna upp en vernissage i närheten där jag bodde, Bibliotekarier välkomnade förslaget med all nyfikenhet och intresse. Det blev två utställningar om min vandring till Santiago. Tiden gick; tills en dag i början av 2016 ett tydligt tecken gjorde sig gällande om att börja skriva om mina upplevelser. Den första delen skulle handla om min vandring till Santiago, och den andra delen skulle bli mitt Lives historia. När jag hade kommit tillbaka hem, kontaktade jag programledarna för " Word of Peace ", ett pågående program på öppna kanalen på SVT. Under en kort tid, min kontakt blev alltmer intensivt; inte bara att följa upp deras program om" Inre Peace ", utan förberedde mig för deras erbjudande att ta emot deras särskild gåva vilken handlade om en real och effektiv meditationsteknik som varade i 4 steg. Jag var mycket nyfiken på deras program för jag ville gå fram åt och utvecklas. Tiden, spelade ingen roll. Trots min långa längtan hade jag inte kunnat besöka Indien någon gång. Indien hade kommit till mig. Det verkade så intressant. Nu var tiden mogen. Jag lyckades inte träffa Maharaja när han hade Life show i olika länder i Europa. Inom kort tid avslutades Maharajas TV program på Öppna kanalen. Jag hade knappast hunnit att medverka som volontär.

Ämnet" Peace och harmoni" hade blivit en daglig fråga som jag sökte ett svar på. Enligt många kloka människor som hade arbetat tidigare; en daglig meditation vore det bästa verktyget för att uppnå inre harmoni och frid.

Det verkade en daglig meditation på 10–15 minuter skulle hjälpa oss att skapa inre harmoni vilken i sin tur skulle leda oss genom dagen och förtjäna andra människor runt omkring oss. Det viktigaste principen för en lyckade meditation var regelbundet och disciplin att ge sig själv tid att sitta ner och låta sig bara vara den man är, Låta alla tankar komma och gå kravlös. Det borde vår andning ta lite mer uppmärksamhet. Vi är ofta rädda för våra egna tankar som väller ut allt starkare under vår stilla stund, vi vill gärna fokuserar på dem i stället för att släppa taget om. Acceptans av våra känslor och förnimmelser borde vara viktiga delar i vår meditation. När disciplinen tar över; meditationen blir alltmer ett dagligt behov och en viktig del av vår live som måste värnas om. Med tiden ersätts våra alldagliga tankar med fantastiska idéer och förnimmelser. Frihetskänslan och lätthet förenas med det goda runt omkring och livet får en fantastisk innebörd; stressen lämnar kroppen. Till slut fungera vi normal och lever vi vår live i harmoni med oss själv och all skönhet som kommer att finnas tillgängligt för oss.

MEDITATION FÖR ALLA

Skapa en fridfull miljö åt dig själv så att ingenting och ingen stör, du kan ha bekväma kläder. Meditation är bäst när man pigg, inte om man är sömning och trött.

Steg 1-Sitt på någon kudde som höjer upp och håller ryggen någorlunda rak, eller sitt på en stol. Andra alternativ är att lägg sig ner på golvet med händerna intill kroppen och handflator öppna mot taket. Allt eftersom du känner bäst.

160

Steg 2-Stäng ögonen, ta 20 långsamma, och rytmiska andetag in och ut genom näsan.

Steg 3 - Så släpp alla spänningar i kroppen; Varje gång en tanke kommer upp, förställ dig att den är skriven på en svart tavla, sedan sudda bort den utan att anstränga dig, du kan också lägga dina tankar i en bubbla som sedan flyger i väg.

Steg 4-slappna av i hela kroppen, känn efter vad du känner; är du stressad, ledsen, arg, gråtfärdig, bejaka de känslorna du bär inom dig; allt eftersom blir du lugnare och avslappnad, Gå genom din kropp och låt varje del av den slappnar av. Håll Focus på olika delar av kroppen: fötterna, benen, låren, magen, bröstkorgen, armarna, händerna, axlar, nacken, huvudet, ansikte och till slut käkarna som brukar var jättespända. Slappna av. Låt käken hänga halvöppen och slappna av i musklerna runt ögonen och munnen.

Steg 5-Skapa en bubbla av vitt ljus omkring dig. föreställ dig dess storlek. Form och ljusstyrka. Lek med att göra den större och mindre tills den känns precis lagom.

Steg 6- när du känner dig lugn; avslappnad och är redo att återvända; återvänd långsamt tillbaka i rummet. Njut av hur avspänd och fridfull du känner dig att vara. En annan effektiv metod för att meditera är att växla och ändra uppmärksamheten från tänkandet till känna av och uppleva livet och för att vara närvaro. Tänkandet aldrig ger oss real uppfattning av det verkliga livet. Man kan inte tänka sig att maten smakar god utan att äta den, när man äter den då känner man smaken, den här känslan är real. När man kommer ner från huvudet till hjärtat då händer saker, man känner verkligen att man lever; man får energi och vi blir lysande.

Så vi börjar med att andas in djup från hjärtat under hela dagen så manga gånger vi kan, man ska göra detta åtminstone 5 gånger om dagen, man ska känna av det mitt i bröstkorgen; Mest mot höger sidan. Det här har inget med fysiska hjärtat att göra, den tillhör till djupet av kroppen. Ta ett djup andetag och fyll på hjärtat, känn att livets kraft och gudomliga energier från naturen och skönheten kommer in och fyller hjärta med. Sedan andas ut från djupt av ditt hjärta igen och känn att du ger den gudomliga kraften tillbaka till universum igen som tacksamheten. Från hjärta till andras hjärta blir intensiv och energi höjs, allt blir mer lysande, fräsch, och all denna energi är redo att strömmar fram genom en. Allt flyter fram som en dans. " OSHO: meditation for upptagna människor."

TOM HUVUDET INNAN DU SÖMNAR

Innan du lägger dig, släck lampan, och sen går till säng och sitt där för 15 minuter. Stäng ögonen och sjung la, la, la, vänta tills hjärnan hjälpa till med nya ljud. Det viktigaste av allt är att komma ihåg att ljuden och orden absolut inte får komma från de språken du talar. Det språket du inte kan är tillåtet. I början är svårt men när man kommer i gång du kan man trickset. Börja med ljud och bara meningslöst ord, vad som helst, bara lägg medvetandet och huvudet vid sidan, lämna det ifrån dig. Låt omedvetandet jobba och prata.

162

Vårt medvetande vet inget språk. Detta är bästa metoden för att komma in i vårt omedvetande. Den här metoden är mycket gammalt och den kommer från gamla testamentet, förr kallades för "Glossolalia" nu förtiden får kyrkor använder sig av den här metoden. Det här kallas " prata i tungan" och använd det språk som kommer till dig och bara sjung i 15 minuter. Den blir då ditt språk, efter 15 minuter lägger du dig ner och somnar, din sömn blir nu djupare, nästa dag är du mer relax och pigg. Ditt medvetande blev relax tack vare den meditationen och den skingrar alla tankar och kopplar bort dem. därför den hjälper att sova bättre.

" OSHO: meditation for upptagna människor "

STANNA PLÖTSLIGT

Gör den meditationen sex gånger om dagen, varje gång tar halv minut, vilken tillsammans blir tre minuter under en hel dag, det här verkligen kortas meditationen i hela världen, men mening är att man måste göra den plötsligt. Detta är hela syftet med. När du går på gatan, i skogen, i parken, påmind dig själv att stanna plötsligt och stoppa dig själv, ingen rörelse, frys dig själv till ett isblock bara för en halv minut och var närvaro med vad som händer runt omkring dig, titta på allt, lyssna och observera vad som finns. Den här meditationen öppnar en och ger enorm energi. Tanken fortsätter med sitt men när du stannar upp plötsligt då kan den inte snabb skapa nya tankar; det tar tid, när man ger tid till tankar då sätter den fart och fortsätter i evighet. Ge dig själv en start; och gå men stoppa dig själv omedelbart; stanna stilla.

Detta gör dig medveten och ger dig energi, du kan träna dig mer gånger under dagen för efter bara en halv minut längre då kommer tankarna tillbaka igen och allt för ändras och bli förstörd igen. Så gå och stoppa dig själv för bara en halv minut 6 gånger om dagen. väldigt lätt och snabb" OSHO: meditation for upptagna människor".

15/5–2010 När jag kom fram till "Puente Villarente", kände jag ont i mina fötter, nu hade jag bara 7 km kvar till Leon. I det vackra trähuset trivdes jag att vara. Här ifrån skulle jag åtminstone gå 15 km varje dag, så att jag kunde klara av min vandring och komma fram i tid till Santiago de Compostela. Jag var ledsen att diakonen i kyrkan i Sverige hade förnekat mig hjälp trots att hon hade lovat mig innan mitt pilgrimprogram hade börjat så jag blev tvungen att be andra vänner att ställa upp, så att jag kunde klara av min vandring till slut. Jag gav mig själv rätt ändå att räcka min hand till kyrkan för att be om hjälp och jag skämdes inte över avslaget.

Det gick inga bussar här ifrån mot Leon så den 15 maj gav jag mig i väg mot Leon tidigt på morgonen. klockan tio på förmiddagen var jag framme där. Här borde jag köpa några hjälpmedel, så som en kräm för mina ömma fötter och trötta muskler. Jag gick till posten direkt och skickade mina träningskläder och MP3. Sedan gick jag till katedralen för att be. Det var bröllop i kyrkan. Jag lämnade i från mig mina vandrings skor där. Det gick 25 euro åt mediciner. Jag borde äta ute igen. Ibland fanns inget kök i den albergue man kom till. Jag var orolig över pengarna för att de kunde räcka till och bära mig ända upp till Santiago. Över nattningen kostade 3 euro som donation, jag ångrade mig för efteråt fick jag veta att man kunde få en egen habitation (ett eget rum) för bara 5 euro. Det var så att i närhet av andra blev man påverkad av deras energi. Jag hade mycket ont i båda benen på grund av mina åderbråck som gav dålig blodcirkulation. Jag vaknade klockan 6 den 15 maj. På expeditionen sade Hospitalero (expediten) att det var första gången för dem att ha en pilgrim från mitt hemland. Jag blev förstås jätteglad; samtidigt berörd; jag ville gärna representera mitt folk och mitt födelseland. Jag blev till frågad igen om jag var Kristen, i varje fall ibland sade jag ja, och ibland sade jag nej beroende på hur jag mådde.

EN BÖN FÖR KRAFT

Älskade gud ge mig kraft så jag kan frigöra mig från mina svåra tider i det förflutna. Ge mig kraft att bemästra den kraften som är inte av dig och vill ta mig i från dig även om den varar för en minut. Gud ge mig kraft att hela mina farfäder och föräldrar så att de kan vara i fred och i frid. Gud ge mig kraft för bidrag godheten så den kan ta över världen.

Gud ge mig kraft att skapa mitt lilla paradis så som du givit mig.

Med alla Talanger, passioner jag bär inom mig, jag vill förbinda mig i evigheten med dig och längtar efter frid och fröjd.

Gud ge mig kraft för att förstå mig själv djupare så jag kan vara dig i varje andetag jag tar.

Gud ge mig styrka och gör mig så stark så jag aldrig tvivlar på din kärlek och ditt mysterium; jag vet att du alltid är närvaro i mitt liv. Gud ge mig skärpa ögon så jag kan se dig varje dag i varenda sak, små och stora. Gud ge mig skärpa öron så jag kan höra dig i vartenda ljud jag hör. Gud ge mig frid så jag kan känna dig djup inne i min essens. Hjälp mig käre/kära gud att lämna den här unika planeten med skratt och glädje till min sista sekund. Jag älskar dig gud. Amen.

INKVISITIONSTIDEN

Från 1478 inleds den spanska Inkvisitionen, Inkvisitionen inbar att granska människor om verkligen höll sig till sanna tron, katolicismen. Många människor hade gått från islam eller judendom till kristendomen. De som blev dömda fick hård straff – död- men de som erkände då slapp döden och straffades med spöstraff, fängelse, Galärslavar var ofta krigsfångar eller straff fångar Galärstraffet var ett hård straff; krigsfångar användes ofta som krigs slavar och de fick ro stora galärer(skepp) med stora åror. Den förföljelsen fortsatte ända fram till 1834 – talet. Granada blev erövrad av kristna trupper 1492, det här året skulle alla judar döpa sig till katolicismen eller lämna landet. Mellan 60,000–70,000 judar lämnade landet. Det hade inte gått bra för spanska ekonomi heller. I Samma tid (år1492) skulle Columbos ge sig av på sin färd mot Amerika med uppdrag av drottning Isabella med hoppa om expansion för spanska imperiet. Columbos seglade västerut och kom till Indien, han fick titeln"

166

Amiral över Oceanen", och fick lov att få tio procent av vinsten på alla varor som han hämtade hem; Han fick en ö bland Bahamaöarna. 1469 hade Spanien en dubbel monarki. Ferdinand 1 av Aragonien bestämmer sig att gifta sig med Isabella av Kastilien, på det visset förenades större del av den Iberiska halvön till ett rike år 1479. Deras äktenskap resulterade i en guldålder för Spanien. deras välde omfattade hela Iberiska halvön. Spanien blev en stor makt i Europa. Båda Isabella och Ferdinand stödde handel och upptäck färds resor. Christofer Columbos resor ledde spanjorer till syd och central Amerika, även Filipinerna. Deras makt ökade när de tog över kungarikets Navarra i Norr på 1515 – talet. Baskien ingick i det hela. Under 1527 erövrade spanska trupper Rom och plundrade platser och kyrkor. Spanjorer, (Hernan eller Fernan Cortes) erövrade Aztekimperiet i nu varande México med 1500 man. Francisco Pizarro erövrade Inkaimperiet med 400 man. Indianerna utsattes för enorma grymheter, spanjorernas grepp var så hård så att de inte vågade göra uppror. Mellan 1500–1650 importerades ;181 ton guld och 16 000 ton silver, men kungen använde alla pengar för att fortsätta kriga och betala sina lån. Alla inhämtade varor skulle gå till Sevilla och kolonierna var tvungna att köpa varor från Kastilien, bara de varor som de själva inte kunde tillverka.

Spanien blev beroende av sina kolonier. Spanien fortsatte kriga mot Osmanska riket och upproret i Nederländerna. År 1609 alla moriska folket utvisades, Spanien drabbades av hungersnöd och epidemier. Under 1800 – talet spanska kolonierna gjorde upprör i Sydamerika och de blev självständiga. Under spanskamerikanskt krig på 1898 förlorade Spanien Kuba, Puerto Rico och Filipinerna. 1909 inledd Spanien ett krig i norra Marocko; den blev kostsamt och avskyvärd, det drog lång tid att avsluta det.

NÅGRA FAKTA UR EN KONFERENS ARTIKEL
" OM 2000 ÅR AV CAMINO DE SANTIAGO"

Sankt Jakob och Johanns var två bröder. Deras far var en fiskare, båda sönerna lämnade sin far och följde Jesus och de blev Jesus följeslagare. Efter Jesus korsfäste, fick hans lärjungar olika uppdrag i olika delar av världen, varje område valdes efter ett särskilt språk, vilket för Sankt Jacob blev latin, då menade man att han skulle till väst (kanske Rom) för att uppfylla sin mission. Enligt legender skulle varje Apostela också begravas i det landet de predikade. Från Brevarium (samlings berättelse) om apostlarna, fick man information om att Sankt Jacob hade varit begravd vid havet (nära Finistere) –(Fistere) någon stad i västra delen av " Hispania" Spanien. Men Sankt Jakobs bror Johanns däremot dog i Mindre Asien. Legender berättar om att Sankt Jacob hade blivit känd som den Apostella som kristnade Spanien. Uppfinning av Jakobs grav förstärkte Asturiska kristna rikets under 1800 talet, den gav de Identitet och makt, det ökade deras beslutsamhet och motiverade dem att besegra det Islamiska riket, Sant Jacob hade förenat kristna tron och kraft i Norra delen av Iberiska halvön. Han åberopades som beskyddare och segrare i kampen mot Morren.

Man berättade även vid slaget i Clavijo på 900 talet- (i provinsen av de la Rioja i-16km från staden Logrono -) hade Sankt Jacob funnits på en vit häst med svärd för att leda ut araberna.

Man säger att Sankt Jakob grepp in för att besegra Abd-ar-Rahmn 11, som då regerade araberna i " Hispania"; Under Islamiska riket på 800 – talet efter Kristus. Staden Asturga (i norra Spanien) förblev bara ett litet Kristet rike, vilken var beskyddad av staden Leon.

Morerna kunde inte nå staden Asturga på grund av dess svåra geografiska omständigheter, på så sätt; den var redan beskyddad mot moriska invasionen (Morerna). Staden Asturga eller Asturgas riket blev inte Isolerad, de hade kontakter med de franska härskare genom havet.

Den lilla vackra staden hade en svår historia bakom sig, Den blev tydligen tre gånger ruinerad och byggdes upp igen. När jag själv närmade mig staden Astoria (Asturga), förblev jag sittande mitt i vägen utan att orka gå ner, på grund av många starka känslor och trauma som jag kände innan jag själv skulle ta mig ner till staden Astoria.

Staden Finistere hade redan varit en andlig plats när Keltiska folket och druider kom till Spanien. Druider var naturälskare, de dyrkade träden "ek "och hämtade energi från över naturliga krafter och spådde, de var även rådgivare till kungar. Sankt Jacob återvände en gång till Jerusalem. Han blev hals huggen av Herodes på 44-talet efter Kristos; de kastade hans kropp med huvudet utanför murarna,

Men hans lärjunge skickade hans Sarkofag med båt till Galicien. På 800-talet uppfann Munken Pelayos, Sankt Jacobs grav med hjälp av Änglasång, ett stark ljus och stjärnor, som föll på den speciella platsen. Pelayos tvekade inte att han hade funnits Jacobs Sarkofag (relik) och hans två lärjungar som då hade blivit dödade samtidigt. Pelayos berättade snart om sin uppfinning för biskopen Teodomiro i Iria. Kung Alfonso gav order att bygga en kyrka av träd på Sant Jacobs grav" Compus Stella" (ligga i fred) senare under 1200 talet byggdes den stora och magnifika romerska Katedralen. Dagens kyrka är ett romerskt mästerverk av den skicklige arkitekten Mateo.

År 950 en stor grupp av 95 personer tillsammans med biskopen Gotes Calc red i väg från Frankrike till Sankt Jacobs grav och han blev den förste pilgrimer från Frankrike. Efter 1200 talet, antal pilgrimer ökade markant. Förr i tiden pilgrimsvandringen var en uppgift för en del människor som hade begått något brott, på så sätt skulle de tjäna sitt straff, för gott göra samhället och hela sig själv, med andra ord frigöra sig. Musselskalet skulle man i början hitta själv på stranden och det var avsedd för att dricka vatten med under vandringen. Bland de allra första pilgrimerna, kom franska stenhuggare, tyska hantverkare, holländska affärsmän, även filosofer, ju mer utbildad dessa människor var, desto mer väckte de intresse för intellektuella resurser; Allt detta med arabiska konst, medicin och naturkunskap längs Camino bidrog till starkt intresse för konst hos lokala befolkningen.

Mussel Skalet som man bär på är ett tecken för varje pilgrimer. Den hängs på ryggsäcken när man börjar sin vandring. Camino de France är den medeltida vägen, klostret i Roncevalles tar emot 100,000 pilgrimer varje år.

1929 prästen Elisa Valina märkte Camino vägen med gula pilar. Elisa som var präst från O`Cerbriro kyrkan; började igen 1984 för att markera hela vägen från Frankrike till Santiago, med nya gula pilar. föreläste han om Camino i hela Europa. Många människor vandrar idag längs Camino av olika skäl. En del är riktiga pilgrimer, En annan del kommer av privata skäl. En del gillar äventyr. En del kommer för religiösa skäl. En del lämnar sitt arbetes liv, en del hamnar i en brytningstid och vill tänka över sitt liv, En del kommer för att hämta kraft, en del vandrar för sin sjuke hemma, eller för den förlorade för att finna tröst och för att gå vidare i livet.

Nu för tiden, för att förbättra situationen för pilgrimer skapas nya vägar så som en särskild vandringsväg för de handikappade, cykelväg för cyklister och en bussfärd. Man försöker att skapa mer intresse för andra vägar som Camino del Norte, Primitivo, via de la Plata och Portugal, allt för att minska trängsel på den traditionella Camino. 1999, antal pilgrimer var 15,3000. 2004; 180,000 pilgrimer mest genom - Camino France, Tack vare tålmodiga lokal befolkning och deras vänlighet mot pilgrimer.

Sedan 1993 står Camino på Unescos värld arvs lista. Gruppen " Amigos del Camino de Santiago " håller var tredje år internationell konferens för att förbättra vägen , bygga Refugio(bo plats) och ordna pass för pilgrimer.

Den Första guideboken är en tjock bok med kartor och vägvisningar. Europarådet kallar Camino den första europeiska kulturella resväg. Många länder är välkomna att delta i konferensen. Sedan 1991 prioriterar man att höja andligheten genom att ge möjlighet till tystnad och kontemplation. Detta har varit mycket uppskattade av pilgrimer som sökare, vilket i sig är en motståndskraft mot kommersialiseringen av Camino. Många Refugios erbjuder vesper; många kyrkor längs Camino håller välsignelse ceremonier dagligen och detta ger en möjlighet för att utbyta erfarenheter efteråt. En fredlig mellan spel som gagnar pilgrimer för att få svar på många svåra livs frågor och för att få tröst.

KATEDRALEN

Katedralen i Santiago har många pelare; på ena pelaren (förmodligen på den pelare som är mot glorias porten) finns en hand avtryck, som pilgrim brukar man lägga sin hand och luta sitt huvud mot den för att få en glimt av Mateos geniala energi eller för att få gudomlig energi och välsignelse. Nära altaret finns Sankt Jakobs Sarkofag. Man måste gå några trappor upp för att kram Sankt Jacob. Längs ner ligger hans relik med hans lärjungar, Teodorod och Anatasios, där kan man få en lugn stund av frid och healing även ha ett kort tyst samtal med Sankt Jacob för att ställa några frågor till

172

honom. Kyrkan eller katedralen har två gigantiska portar. En är glorias port (ärans port) där man går in i kyrkan. Den andra porten är Santo (heliga porten) den öppnas mot torget Praza Obradorio, och detta sker var tionde år, när det är Santo annos. (ST Jacobs namnsdag). År 2010 var det heliga året och friades Sankt Jacobs namnsdag den 25 juli. Varje dag Klockan 12 brukar Botufumerion (rökelsehållaren) pendlar fram och tillbaka; då tio män eller präster brukare tar hand om den.

När rökelsen bränns då betyder att vandringen är avklarad för oss pilgrimer; detta berör många känslor inom en, även hos de som är redan mitt i vägen till Santiago. Så kändes för mig på något märkligt sätt från långt håll. Jag blev drabbad av enorm hungerkänsla. Botufumeria väger 54 kilo. Den är en gåva från påven i Italien. Under tiden som den svänger, sjunger man för; Apostella: Ah mest värdiga, mest heliga Apostel, lysande, gyllene hövding i Spanien var vår beskyddare och vår beskyddare på jorden; Avvärja alla sjukdomar och bevara vår himmelska hälsa.

KORT UPPFATTING OM SPANIENS HISTORIA

Iberiska halvön (dagens Spanien) hade varit gång på gång invaderat av olika folkslag genom historien: Fenicier, Greker och kartagerna. Vandaler, Visigoter, Svebrer, Iberer, Kelter och Morer. Dessa olika folkstammar tog över makten och avlöste varandra genom all årtusenden. Varje folkslag satte sin prägel och sitt spår på halvön

173

(Spanien), de lämnade sin kultur och mängder av sina arv; de bidrog till uppkomsten av dagens spanjorer. Vandaler – var ett germanskt folk som levde i sydvästra delar av nuvarande polen, vid Kristos födelse. Under 400-talet blev Vandaler hotade av" Hunner "; Så de(vandalerna) blev tvungna att ge sig i väg under vandrings tid mot Östeuropa. (Hunner var ett asiatiskt folkslag i nuvarande Kirgizistan som krigade för att expanderade sitt rike i Europa)

De trängde sig in i Gallien (i Frankrike och norra Pyrenéerna). under 409 var de bosatta i stor del av Iberiska halvön, i provinsen Galicien och i den södra delen av halvön. De grundade sitt eget rike i Nordafrika (i Kartago) på 429–439, och de härskade över stor del av västra Medelhavet (Italien); plundrade Rom år 455-tale; därifrån ordet vandalisering kom till. Senare gick de själva under Öst Rom 534-talet och besegrades av Visigoterna.

Goter (Visigoterna); år 410 vandrade in på det Romerska riket; Rom, de gick genom Italien och de fortsatte fram till södra delen av Gallien (Frankrike och Pyrenéerna) sedan bosatte de sig i östra delen av Iberiska halvön oberoende av Rom och de tog över Spanien. Staden Toledo blev deras kända rike. Visigoter besegrade Vandalerna och drev ut Vandalerna till Nordafrika. Till slut fick de kontroll över största delen av Iberiska halvön och deras fäste blev Gotalania, dagens Katalonien. Så man kan säga att Ostrogoterna (östergoter) blev etablerade i Italien och Visigoter (västergoterna) i Spanien. Goterna(västgoter) var ett urgammalt folkslag; Goternas språk visar att de haft sällskap med Skandinavien och de hade utbytte både kulturellt och i handel. (det har pågått mycket diskussion om Goternas ursprung och deras tillhörighet till Skandinavien). Visigoter var kristna men många av Visigoter var anhängare till Arianismen.

De som hade en Arianska trosinriktning avskärmade sig medvetet från Katolska befolkning i de områdena där kände de sig både hotade och förföljda av katoliker. Visigoterna erövrade hela Spanien. Under 300 talet var hela Pyrenen kristna. År 589 Katolicismen blev statsreligion. De erövrade sydkusten som var kontrollerad av Öst Rom. Katoliker förföljde Judarna och Arianerna på 600 talet. Konflikter mellan olika Klaner ökades, till följd försvagades Visigoternas kungariket som var utbrett över hela Spanien. Visigoterna krossades på 710–711 av muslimska armé under Tarik ibn ziyad ledning och sedan hela riket erövrades av muslimerna förutom Asturien. Visigoterna hamnade under muslimernas styre.

710–711 var Västgotarikets fall; Morer (araber) tog bort deras rike.

SVEBRER:

Sveber var en germansk grupp som bodde i Germen(nuvarande Tyskland). Och Tjeckien. De var också Hotad av "Hunnerna" under 400-talet och blev tvungna att ge sig av på vandring. Under 406 anföll de Gallien - sedan tågade de in i romerska riket och plundrade det - Gallien är nuvarande Franksrike och Pyrene`erna- Sveberer erövrade 410 hela Galicien och bildade sitt rike. Sveberer var starka, de hade bra militär, bra vapen och de var självständiga. Deras rike existerade till 585. Visigoterna besegrade Sveberer och krossade dem På 585 och de tog över deras rike.

IBERERNA:

De första människorna som vandrade genom Asien in till Spanien, var jägare och djurskötare. Ibererna kom från Afrika 3000, (före vår tids räkning), och tjuren hade en stor roll i deras religion; de bosatte sig i den Södra delen av Iberiska halvön. Deras första rike blev dagen Tartessos, dagens Andalusia. Ibererna var berber från Nordafrika och var immigranter från Kaukasus. Grekerna kallade de Barbarer, människor med underliga seder och blodiga ritualer. Barbarerna bodde på bergstoppen och byggde stenmurar över de strategiska utsikterna över dalar och floder eller hav. Ibererna var bönder, hade grisar, kor även fiske, de dyrkade Solen, Månen och olika stjärnor. De lärde sig också olika hantverk som keramik, verktyg och redskap. De hade hästar och använde pil och bågar, spjut och svärd, de hade armé och krigade med varandra.

FENICIERNA:

De sträckte sig över hela Syrien, Libanon och Israel. På 1200-talet.

De odlade dadlar, vin, fikon och vete. De bodde på höga berg och djupa dalar. Fenicierna grundade en stad vid spanska atlantkusten och kallade den Gadir(nu varande Cadiz). Cartahago (en förort utanför staden Tunis) var feniciernas handels rike på 814 f.kr Den blev imperiets handelscentrum; En av deras kända ledare var ju Hannibal.

Fenicierna handlade metaller av Ibererna och växlade sina varor från Medelhavet. Det nya landet kallades för Ispania. De planterade druvor i den stad som de kallade för Malaka; dagens" Malaga" De hade en rik kultur och var skickliga handelsmän och sjöfarare. Deras alfabet var från 1000 – talet och det var bildskrift, de saknade vokaler, Malaga skrevs som "Malaka ", de skrev vänster, höger och höger, vänster i den riktning man plöjer jorden. Fenicierna kunde skapa fram purpur färger av snäckor; de färgade ylle och linnetyg, tyget var förstås dyrbart och bara de berömda människor som präster kunde ha råd att använda det. De exporterade ceder och Cypress virke för att bygga fartyg. De var skickliga glas tillverkare, glasen var genomskinliga.

Deras Gudar: De trodde på de heliga platserna i naturen, där man kunde be och offra. "Baal" var en maskulingud som skyddade staden och hans hustru var" Astarte" som var kärlek, fruktbarhet och krigsgudinna. Man avbildade henne med blommor och ormar. Astarte förknippades stjärnor och Astrologi, i bibeln stod att kung Salomo och några judiska kungar dyrkade henne. Solguden skyddade handel. Baal var en viktig Gud, han betydde herre, han fanns i tre olika skepnader, som himlens, ovädrens och fiskets gud. I Bibeln användes hans namn för avgudar. Adonis var gud för växligheten och en symbol för höst och vår, död och uppvaknande, Adonis dyrkades i hela Fenicien.

När kartagerna förlorade det andra puniska kriget - (puniska kriget var de tre krigen som pågick mellan Karthago och romerska riket under olika perioder; det kallades puniska krig för Romarna kallad Fenicierna Puner, den andra puniska kriget var mot Hannibal) - tog Romarna över Kartagernas land och kallade det för Hispania (Spanien). Landet var i tre delar, Dagens Portugal, Andalusien i söder, Galicien och Asturia i norra delen. Under tredje puniska kriget romarna förstörde Kartago totalt och jämnade ut den mot marken. De spred salt över åkrarna för att omöjlig göra någon odling.

GREKERNA:

På 600-talet (före vår tids räkning) bosatte sig grekerna längs kusten och kallade landet; Hesperia. Solnedgångens land. De hade med sig hjulet och olivodlings teknik.

KELTERNA:

Greker och romarna kallade alla folkslag i Europas norr om Alperna för kelter. Kelterna var besläktad med indoeuropeiska folket och bodde över en större del av Nordvästra Europa och en del av Iberiska halvön. De var germaner. De hade inte en färdigutvecklad kultur, de tillhörde sten –brons och Järnålderskultur, i norr om Alperna.

Kelterna kom till Iberiska halvön omkring 900 och 700 år f kr, de bosatte sig norra och västra områden av Spanien, bland annat dagens Galicien. Senare, under en period allierade sig kelterna med Romerna; snart krävde de reformer; de fick konfelik med varandra, Romerna försökte erövra halvön, när deras försök misslyckades, då beslutade de sig att omringa byarna och svälta ut Ibererna, på så sätt förstörde de iberiska kulturen. I den iberiska kulturen kvinnor var både krigare och präster. Kelterna trodde på själavandring och på myter.

MUSLIMSK ERÖVRING

Visigoternas kung och deras adelsmän hade interna maktkamp mellan sig. Araberna och berberna var på fram marsch; En del adelsmän hjälpte berberna att korsa Gibraltar år 711. Tarik Ibn Ziyad landsteg på ett berg som de kallade det DJ Ebel- Al -Tarik; dagens Gibraltar. Berberna möte starkt motstånd av de större Visigotiska styrkorna, men berberna vann slaget, Inom bara några

179

månader tog de över hela landet förutom några områden i Galicien och Asturien. De döpte nya landet till Jazirat Al Andalus, "Vandalernas ö". "Hispalis" blev deras huvud som senare hete Ishbiliya, dagen Sevilla. De fortsatte längre upp över Pyrenéerna och kom i det Frankrikes riket. De folkgrupper som blev kvar som Visigoter, fick styra sina områden själv men de borde leverera varor till staten. Jordbruket började utvecklas genom konstbevattning, och bevattningskanaler. Araber och berber kom så småningom i konflikt med varandra. Karl den store från Frankrike utnyttjade tillfället för att erövra området i Nordost. Berberna hade sämre mark i Norra delen och de fick återvända till norra Afrika igen. Araberna lyckades inte helt erövra Iberiska halvön, något små rike lyckades hålla stånd.

År 820 byggdes Alcazar borgen på en kulle i Kastilien, området runt omkring, kallades för Mayrit dagens Madrid. År 923 Kastilien tillhörde kungarikets Leons. Kastilien, och övriga kristna stater på Pyrenens halvö befann sig i ett växlande krig. Toledo erövrades av kalifatet från Cordoba. År 929 blev Ishpanja ett självständigt kalifat. Under 900–1000-talet Galicien var ett eget kungarike i Galicien. År 711 erövrades Galicien av den kristna små staten Asturia, Kungarikets Asturia blev Visigoternas kungadöme. År 844 anföll Vikingarna, Asturiens kust och plundrade både Lissabon och Sevilla. Vikingarna fångade in människor och gjorde de till slavar och sålde dem.

180

Upptäckten av Aposteln Sant Jacob, gjorde Santiago de Compostela till vallfärdsort, vilken ledde till en blomstringstid för Galicien, Under 1100–1200 talet. Cordoba blev ett intellektuellt centrum i Europa. Där fanns ett bibliotek med 600,000 böcker. Allt förlorades tyvärr när biblioteket brändes ner år 1013. År 929 blev landet ett självständigt kalifat. Gatorna blev asfalterade och belysta. Det byggdes 700 moskéer och 300 badplatser. Här fanns astronomer, botaniker, kemister och lärare i olika skolor.

Muslimer tillförde till Europa: Granatäpple, apelsiner, citroner, auberginer, kronärtskockor, kummin, koriander, bananer, mandlar, henna, saffran, sockerrör, bomull, ris, fikon, vindruvor, persikor och aprikoser. På 1000-talet spillrades kalifatet i smårike med egna kungar de kallades för Taifa – rikena. Kristna förenades kring Apostela Jacob. För kristna blev moriska områden España. För muslimer kallades kristna området i Norr för Ishpanja. Kristna gjorde olika erövringar i olika områden på slutet av 1000 talets då araberna var splittrade. De tog Toledo, Zaragoza, Valencia, och Sevilla. Muslimernas rike förblev kungarikets Granada. Kristna behöll kosmopolitiska kulturen. Kristendomen och Islam blandades och var kvar under lång tid. Än Idag lever kvar olika folkgrupper sida vid sida med sina olika religioner i staden Cordoba. Olika folkslag levde sida vid sida av varandra med tolerante och respekt.

181

SPANSKA INBÖRDESKRIGET

1931 republikaner vann i kommunal valet, Katalonien blev självständig. Kungen avgick och jordbruk reformer började, armens kostnader drogs ner och kyrkans egendom gick över till staten. De var inte nöjd med reformen, nästa val förlorade republikaner och alla reformer togs tillbaka Upproret I staden Asturia slogs ner 1934, 3000 dog och 30,000 fängslades. I nästa val 1936 vann vänster, de tog igen tillbaka all reformen som hade avskaffats tidigare. Från mitten av 1936, började ett nytt uppror; det spred sig snart i hela Spanien till slut förvandlas till ett inbördes krig. Ledaren till upproret var nationalisten, general Franco Francisco, han lyckades komma till makt med hjälp av Nazityskland, militante och nationalister från Italien under Mussolinis tid.

Spanska inbördeskrig pågick från 1936–1939. Nationalisterna vann i det kriget, och den fascistiska diktaturen förföljde alla republikaner, tryckte ner sin befolkning i Katalonien, Basken och Galicien, de fick inte utrycka sig på sitt språk.

Spanien blev utfryst och fick inte vara med FN, tills 1955. Spanien skulle hålla sig undan från andra världskriget på Hitlers begäran, men ändå skickade Franco sin " blå division" till östfronten vid Leningrad för att strid för Nazityskland, men på grund av trycket från allierade drog Franco sin division tillbaka, av 47 000 soldater som deltog i kriget, 3500–4500 stupade och 8000 sårades, 321 återvände hem från krigsfångenskap efter kriget. År 1944 stiftade

Hitler en utmärkelse så kallade " Järnkorset" som tecken för deras tapperhet att delta i kriget. 1960 landets ekonomi började för bättras betydlig på grund av turist Industri, Franco valde Juan Carlos som efterträdare men han var själv i makt ändå till sin död 1975. Han regerade från 1947- tills 1975.

Franco krossade friheten hos sitt folk, massmedia censurerades, religion friheten togs bort, poeter och författare dödades eller tvingades till exil. Böcker på baskiska och katalanska brändes, det enda språk som erkändes var Katalanska, även vägskyltar ändrades, skolan togs över av katolska kyrkan, enda tron som blev accepterad var katolska tron. 6000 lärare avrättades och 7000 fängslades. Den enda politiska tillåtna parti var Falangistparti eller Falangparti. I deras ungdom organisation, var alla ungdomar tvungna att vara medlemmar. Olik tänkande var förbjuden och medlemmar till olika politiska partier fängslade, kyrkliga vigslar var accepterade men skilsmässa var förbjuden. Enligt olika källor från 1939–1944 mer än 200,000 människor avrättades. För att tygla oppositionen införde diktatorn undantagstillstånd från 1969 tills hans regim föll. År1976 blev allmänna val i Spanien och kung Juan Carlos tog sin uppgift att inför demokrati i landet, sen Spanien blev medlem av NATO och EG.

JALAL-AD-DIN MUHAMMAD RUM

Jalal-ad-Din Muhammed Balk hi, _från Balkh . Han föddes 1207 av persiska talande föräldrar i en by i Balkh i dagens Afghanistan –

183

Tajikistan- i provincen Khorasan i Norr delen av Iran - under den tiden var Persiska riket utbrett över många länder bland annat Afgahnistan och Tajikistan .

Rumi var den främsta mystiska poeten genom tiderna. Han hade inte bara utbrett inflytande över persiska litteraturen utan över hela världen, i öst, väst och Mellan östen och Europa än idag. Hans Masnavi (andliga verser) var översätta av Eric Hermelin och Gunnar Ekelöf. Rumis far var en tänkare, muslim och teolog. Rumi liksom sin far hade en klassisk utbildning i Koranen. Rumi var en filosof och mystiker av Islam. Han var jurist och hade kunskap i filosofi, medicin. Han talade flera språk, så som persiska, arabiska, turkiska och grekiska. Under tiden som Djingis Khans armé var på fram marsch, Rumi reste till olika länder med sin familj på grund av omständigheter. Han bodde i Bagdad, sedan vandrade han till Meka och Damaskus. Slutligen bosatte han sig i Konya i Anatolien. 1225 gifter han sig och fick två söner, när hans fru dog gifte han om sig och fick en son och en dotter.

De två stora poeterna som Altar (Anden) och Sinai (Ögonen) hade redan inflyttande på honom. Under 1244 Rumis live förändrades genom ett möte med Dervischen Shams Al- Din Tabrizi- från staden Tabriz i Norra och han blev hans elev. Shams så småningom slutar att undervisa sina elever, Rumi umgicks mer och mer med Shams ; de diskuterade ständig om den gudomliga Mysterierna. Rumi förvandlades till en asket. Men en dag plötsligt försvann Shams och ryktet gick att förmodligen Shams blev dödad av hans arga elever, eller kanske av hans egen son Ala `ud- Din. Saknaden av Shamas drev Rumi till en enorm förtvivlan. Han dansade virvlande runt i staden och sjöng ut dikt efter dikt tills slutligen fann han Shams i sitt eget hjärta. Han reste till Damaskus igen. Jalale –Din Rumi frågesatte sig själv; och fick insikt om; " varför ska jag söka!" jag är ju det samma som han, hans väsen talar genom mig, så jag har letat efter mig." Sedan skriver Jalale – Din så här:

Jag är inte jag.

Du är inte du och inte heller är du jag.

Men ändå är jag; jag du är du och du är jag.

På grund av dig, ack skönhet från "Khotan"

Är jag idag förvirrad över huruvida

Jag är du eller du är jag.

I hans identifiering med Shams –e- Tabrizi ; skrev Rumi sin stora diktsamling " Shams från Tabriz ," en stor dikt samling. Den innehåller 300, 000 dubbla verser om den själs omvälvande guds kärlek; Kärleken förblir guds kärnan i alla religioner. Hans Massnavi förblev en persisk koran. Jalal -e – Din lär ut oss kärlek och reser upp människans själ som lider av längtan till sin gud. Massnavi innehåller roliga historier, fabler och myter.

År 1273 dog han och begravdes i Konya. På hans begravning följde en hel stad av olika människor, judar, muslimer och kristna. Rumi hade haft mycket inflyttande på många människor med sin

185

uppfattning av livet. Goethe hyllade honom i sin " västöstlig divan".
Emerson var en stor beundrare. Friedrich Hegel var inspirerats av
Rumis filosofi. Enligt påståendet av några människor, Rumi var
Asiens Shakespeare och Dante i sin tid.

NÅGRA DIKTER AV JALA-AD-DIN RUMI

LOVE SAID

I was dead , I came a life

I was dead , I became a life

I was tears

I became laughter

All because of life

When its arrived

My temporal life

From then on

Changed to eternal life

Love said to me

You are not crazy enough

You do not fith this house

I went and became crazy

Crazy enough to be chains

You are not intoxicated enough

You don't fit the group

I went and gotdrink

Drink enough to overflow

With light headedness

Love said

You are still too clever

Filled with imagination

And scepticism

I went and become

Gullible and fright

Pulled a way from it all

Love Said

You are a candel

Attracting everyone

Gathering everyone around you

I am no more a candel

Spreading light

And I like smoke

I am all scattered now

Love said

You are teacher

You are a head

And for everyone

You are a leader

I am no more

Not a teacher

Not a leader

Just a Servant to your wishes

Love said

You have already

Your own wings

I will not give you

Not feathers

And then my heart

Pulled it self apart

And filled to brim

With a new light

Overflowed with fresh life

Now even the

Heavens are thankful that

Because of love

I have become

The giver of light.

KORT ÖVERSÄTTNING

Jag var död, kom tillbaka

Tårar blev skratt

Allt för livet när den kom

Min vardag ändrades

Mitt liv blev evigt

Kärleken sa du är inte tillräcklig galen

Du passar inte in I det här huset

Jag gick tills jag blev dum

Så dum så att jag blev fast bunden

Du är inte förgiftade tillräcklig

Du passar inte i gruppen

Jag gick och drack

Så mycket så jag tappade medvetandet

Kärleken sade

Du är fortfarande alert

Full av drömmar

Tveksamt och osäkert

Jag gick och lett mig blir lurad

Avisad från alla

Kärleken sade

Du är ljuset, attraherar och samlar alla runt omkring dig

Jag är inte ljuset längre för att sprida Ljus

Jag är desorienterade

Kärleken svarade

Du lär ut du är framåt

Du ledare för var och en

Nej jag är inte läraren, inte heller ledaren

Jag bara servera dig din önskan

Kärleken sade

Du äger redan dina vingar

Inte fjädrar

Mitt hjärta öppnas själv för att bli fyllde med nytt Ljus

Fylld med frisk luft

paradiset är tacksamt för kärleken

Jag har blivit en bärare av Ljuset

KARTOR, FOTOGRAFIER OCH TAVLOR

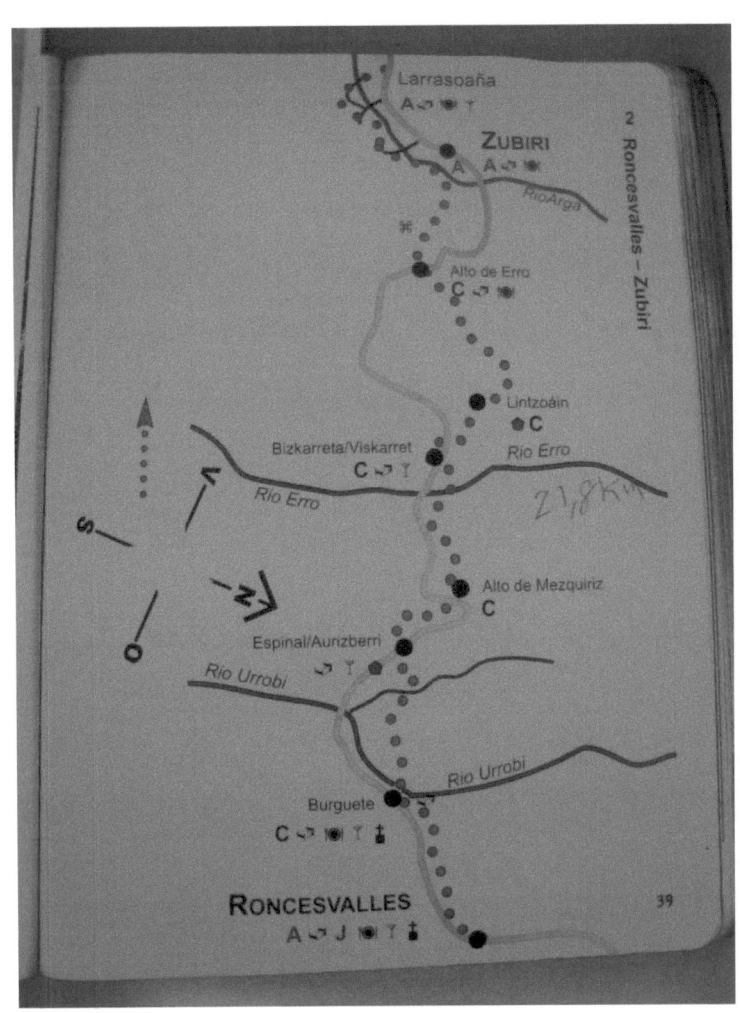

Larrasoaña

ZUBIRI

RioArga

Alto de Erro

Lintzoáin

Bizkarreta/Viskarret

Rio Erro

Rio Erro

Alto de Mezquiriz

Espinal/Aurizberri

Rio Urrobi

Rio Urrobi

Burguete

RONCESVALLES

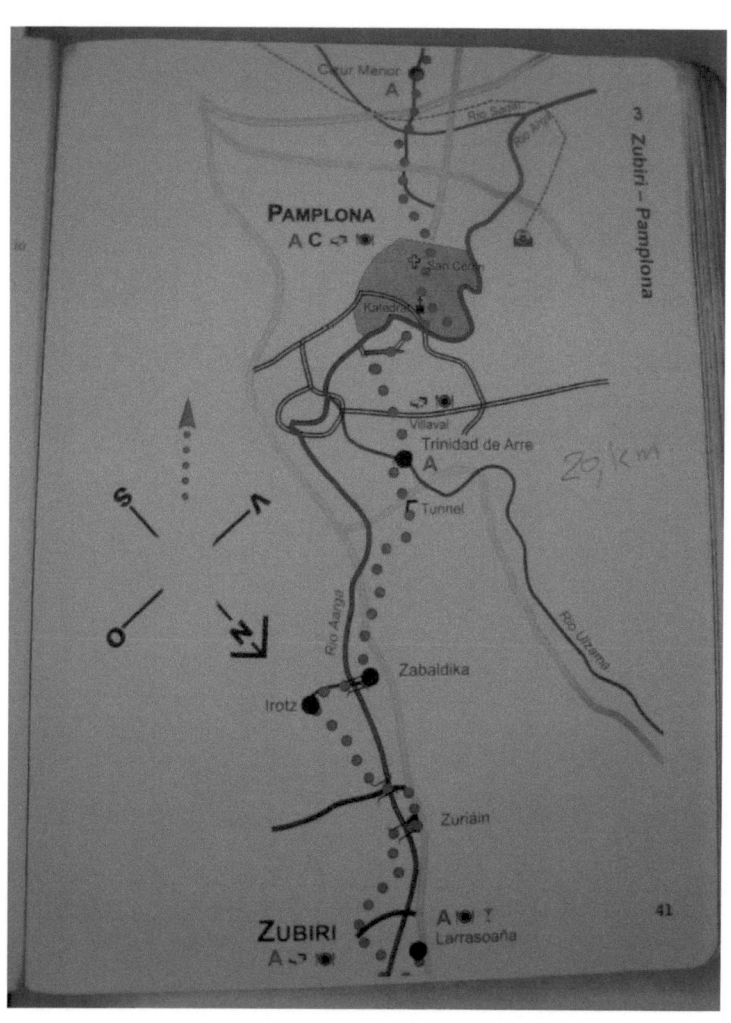

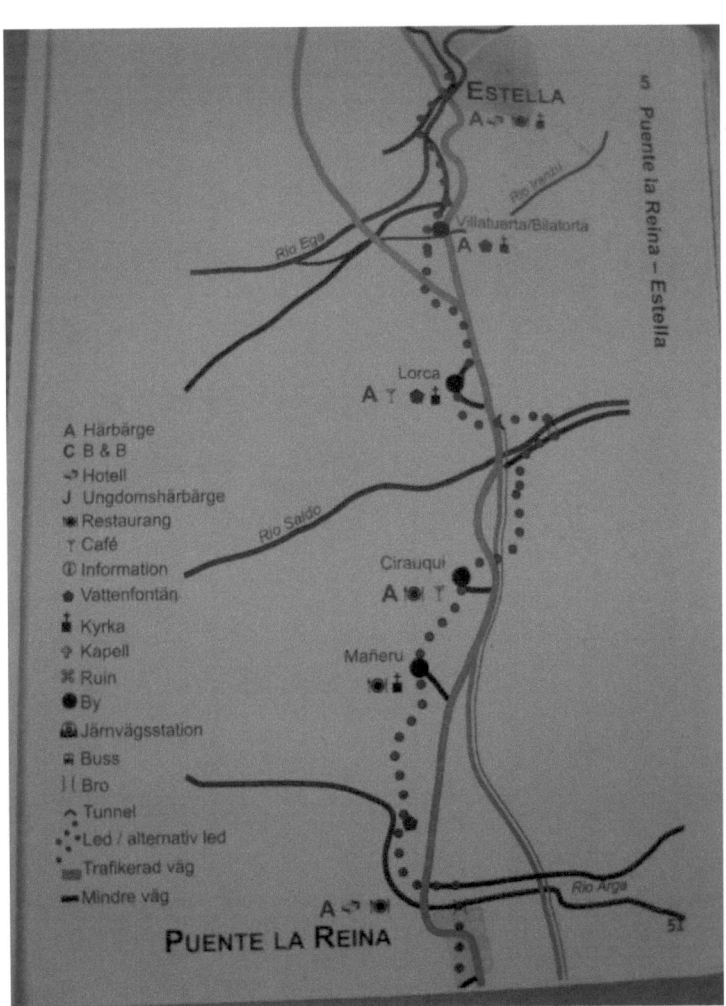

A Härbärge
C B & B
⌁ Hotell
J Ungdomshärbärge
✹ Restaurang
Y Café
① Information
● Vattenfontän
✝ Kyrka
⚲ Kapell
✕ Ruin
●By
⛫ Järnvägsstation
🚍 Buss
)(Bro
⌒ Tunnel
Led / alternativ led
Trafikerad väg
Mindre väg

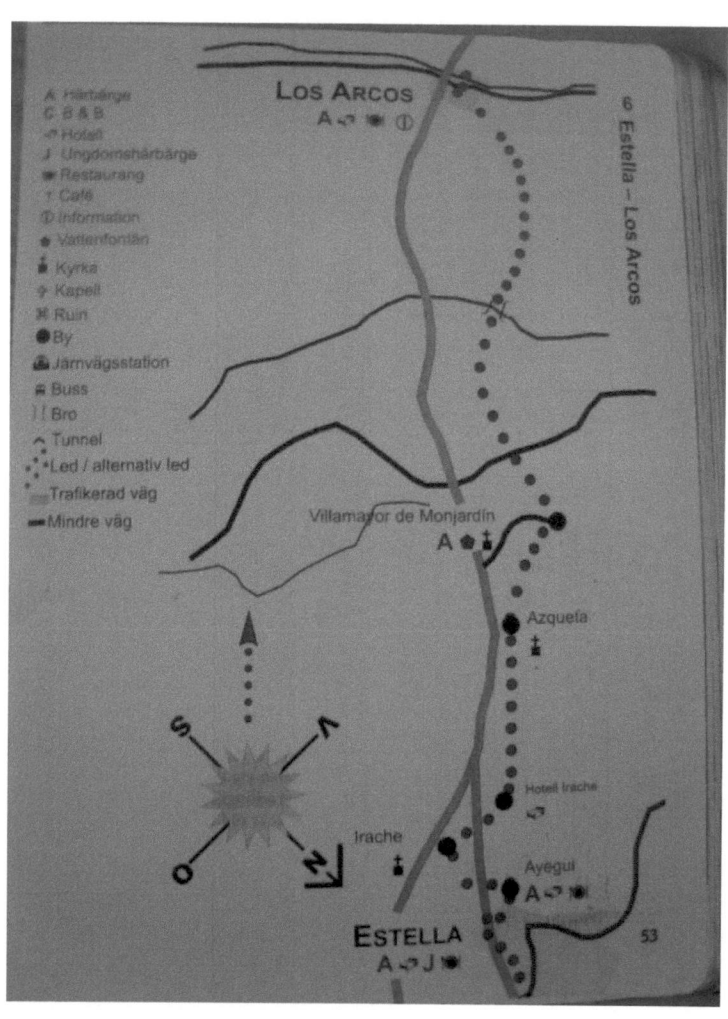

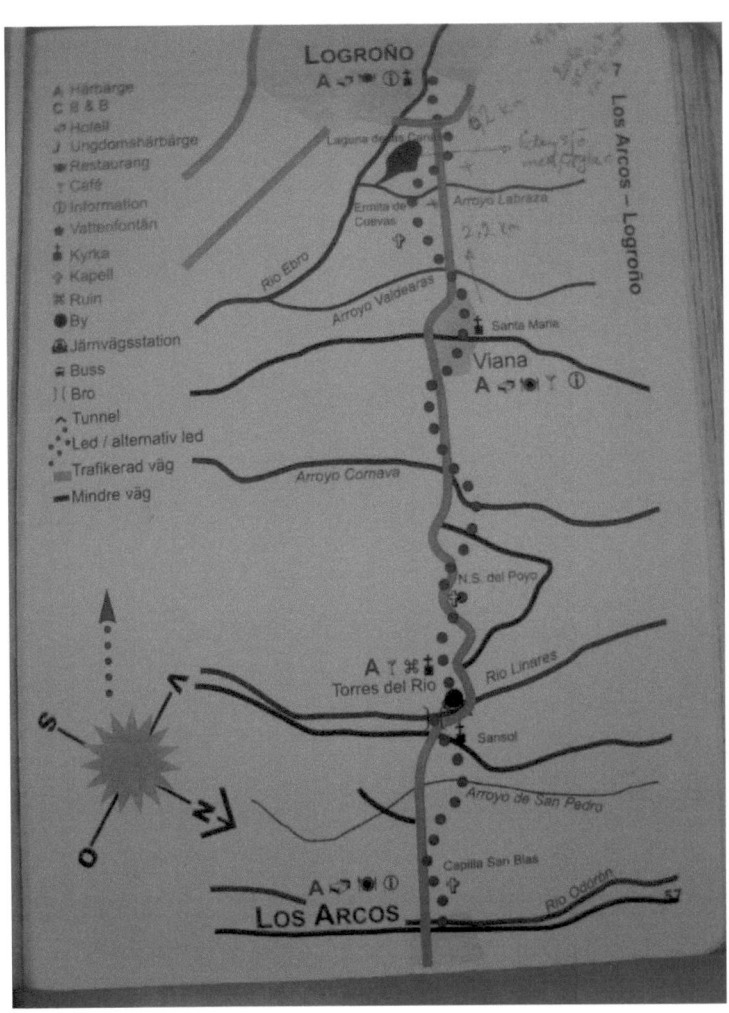

LOGROÑO

Los Arcos – Logroño

A Härbärge
C B & B
⌂ Hotell
J Ungdomshärbärge
♥ Restaurang
☕ Café
ⓘ Information
● Vattenfontän
♦ Kyrka
✚ Kapell
✕ Ruin
● By
🏛 Järnvägsstation
🚌 Buss
)(Bro
⌒ Tunnel
Led / alternativ led
Trafikerad väg
Mindre väg

Laguna de las Cañas

Ermita de las Cuevas

Rio Ebro

Arroyo Valdearas

Arroyo Labraza

✚ Santa Maria

Viana

Arroyo Cornava

N.S. del Poyo

A ☕ ✕ ✚ ●
Torres del Rio

Rio Linares

✚ Sansol

Arroyo de San Pedro

Capilla San Blas

A ⌂ ● ⓘ

LOS ARCOS

Rio Odorbn

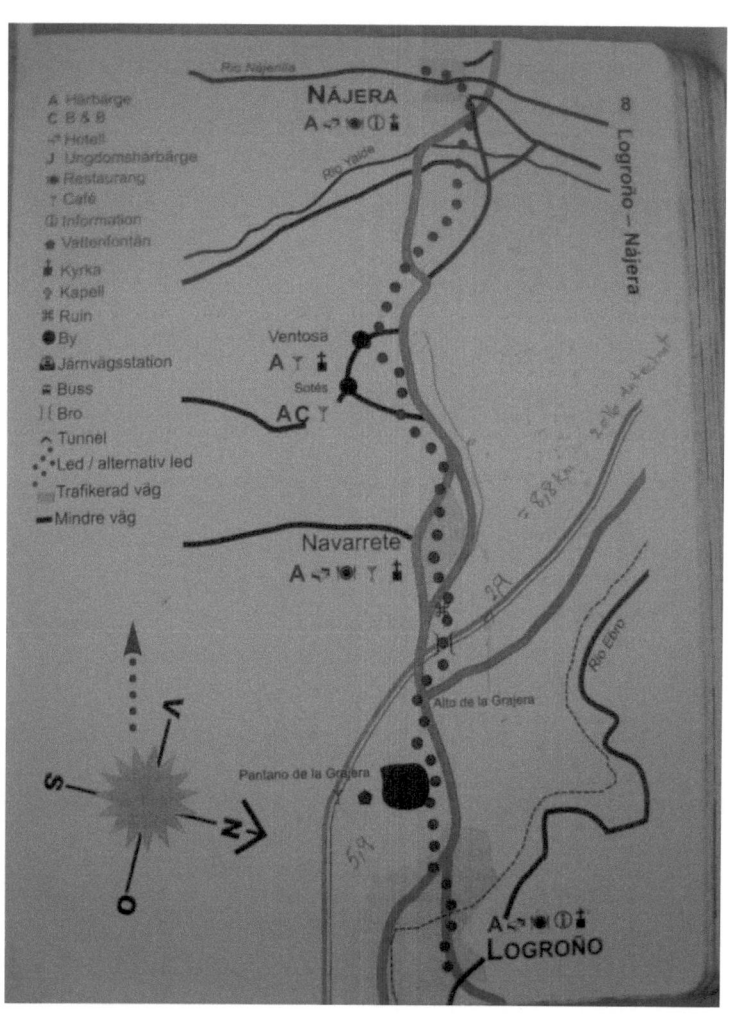

A Härbärge
C B & B
↱ Hotell
J Ungdomshärbärge
☕ Restaurang
↑ Café
ⓘ Information
♠ Vattenfontän
♛ Kyrka
♀ Kapell
⌘ Ruin
● By
🚉 Järnvägsstation
🚌 Buss
)(Bro
⌒ Tunnel
Led / alternativ led
Trafikerad väg
Mindre väg

Rio Najerilla
NÁJERA
A ↱ ☕ ⓘ ♛
8
Logroño – Nájera
Rio Yalde

Ventosa
A ↑ ♛
Sotés
AC ↑

Navarrete
A ↱ ☕ ↑ ♛

Alto de la Grajera
Pantano de la Grajera
Rio Ebro

A ↱ ☕ ⓘ ♛
LOGROÑO

196

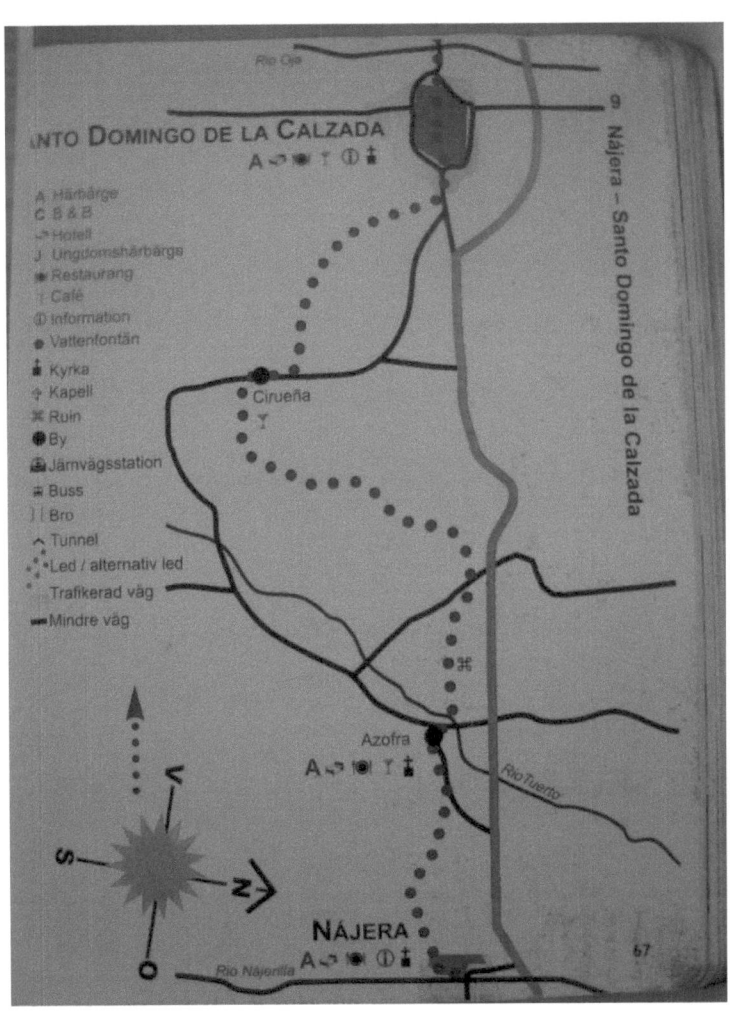

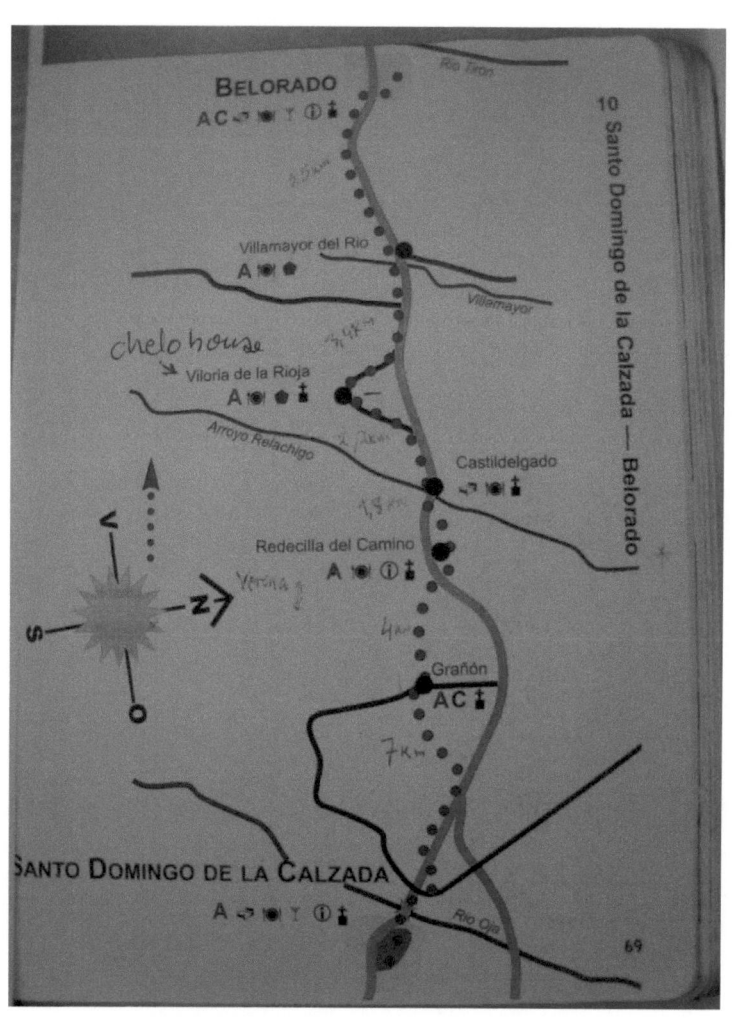

BELORADO
AC

Río Tirón

Villamayor del Rio
A

Villamayor

chelo house
Viloria de la Rioja
A

Arroyo Relachigo

Castildelgado

Redecilla del Camino
A

Grañón
AC

SANTO DOMINGO DE LA CALZADA
A

Río Oja

69

198

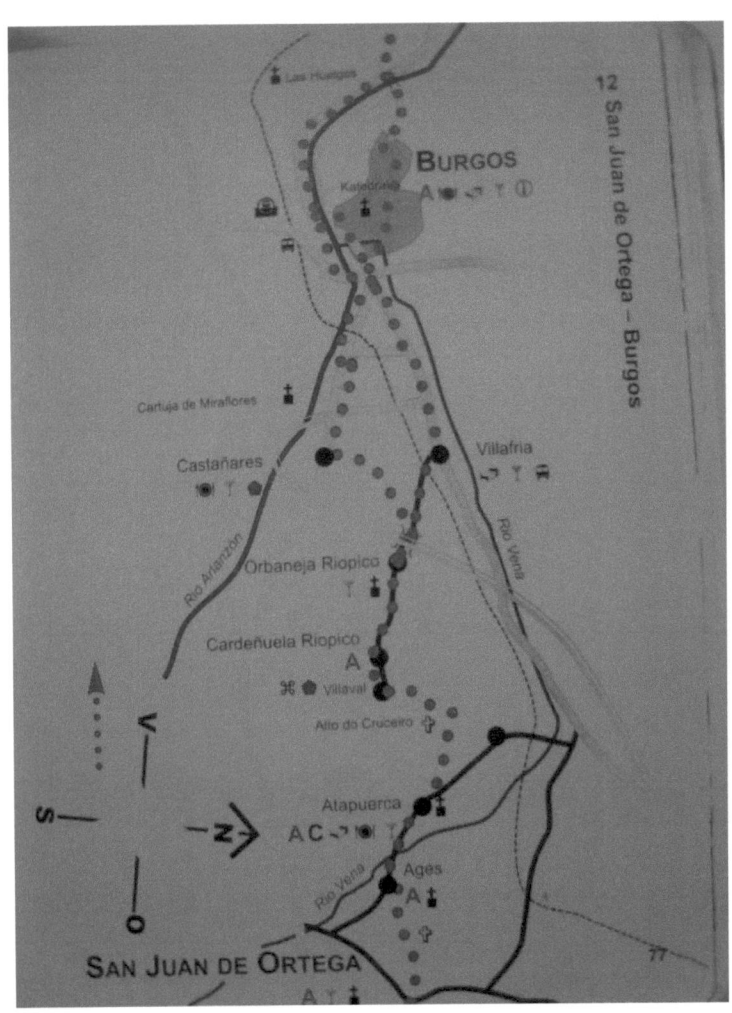

BURGOS

Las Huelgas

Katedráta

Cartuja de Miraflores

Castañares

Villafria

Rio Arlanzón

Orbaneja Riopico

Río Vena

Cardeñuela Riopico

A

Villaval

Alto do Cruceiro

Atapuerca

AC

Río Vena

Ages

A

SAN JUAN DE ORTEGA

A

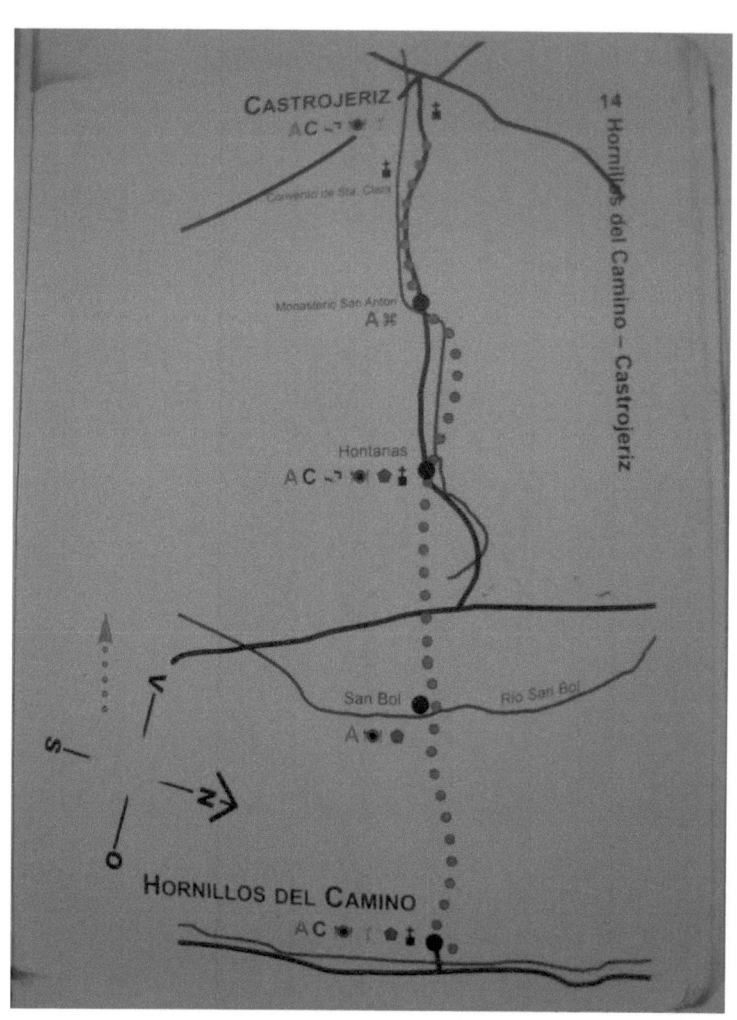

CASTROJERIZ
A C

Convento de Sta. Clara

Monasterio San Antón
A

Hontanas
A C

San Bol
A

Rio San Bol

S

N

O

HORNILLOS DEL CAMINO
A C

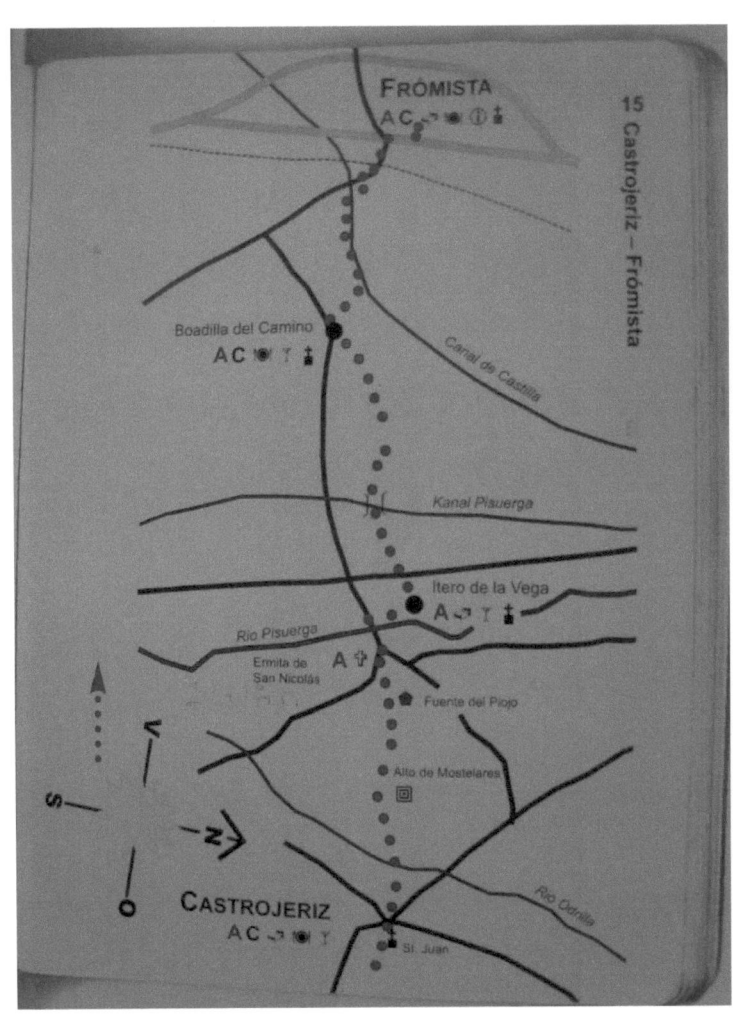

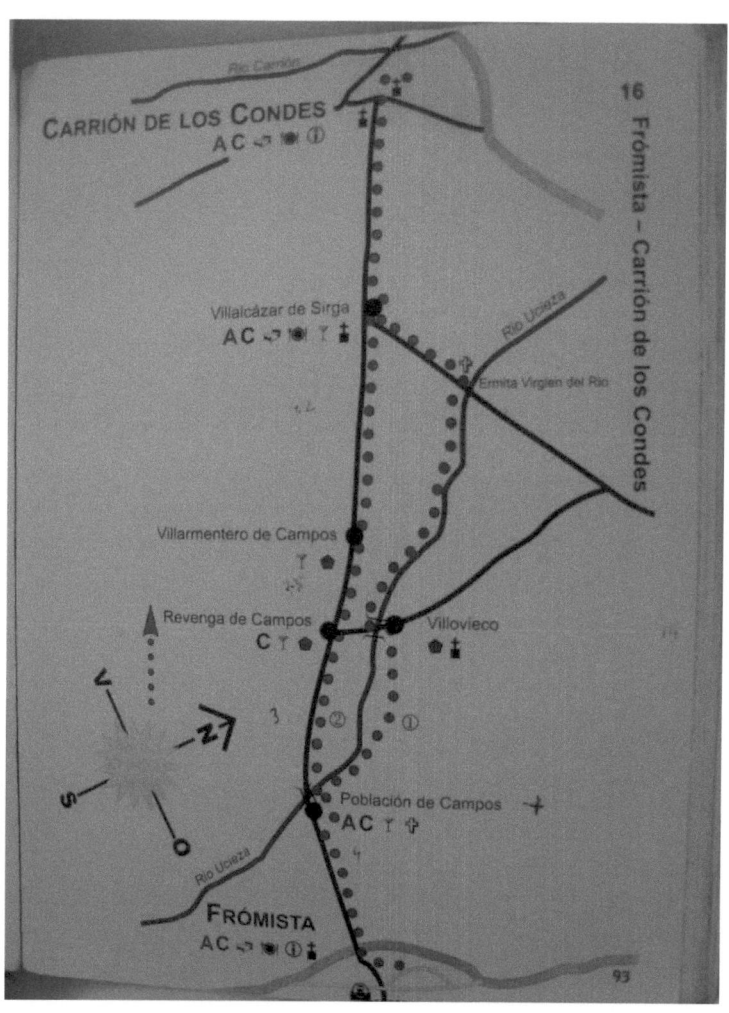

CARRIÓN DE LOS CONDES
AC ⌂ ⛫ ①

Villalcázar de Sirga
AC ⌂ ⛫ Y ✝

Río Ucieza

Ermita Virglen del Río

Villarmentero de Campos
Y ⬠

Revenga de Campos
C Y ⬠

Villovieco
⬠ ✝

②   ①

Población de Campos
AC Y ✝

Río Ucieza

FRÓMISTA
AC ⌂ ⛫ ① ✝

93

202

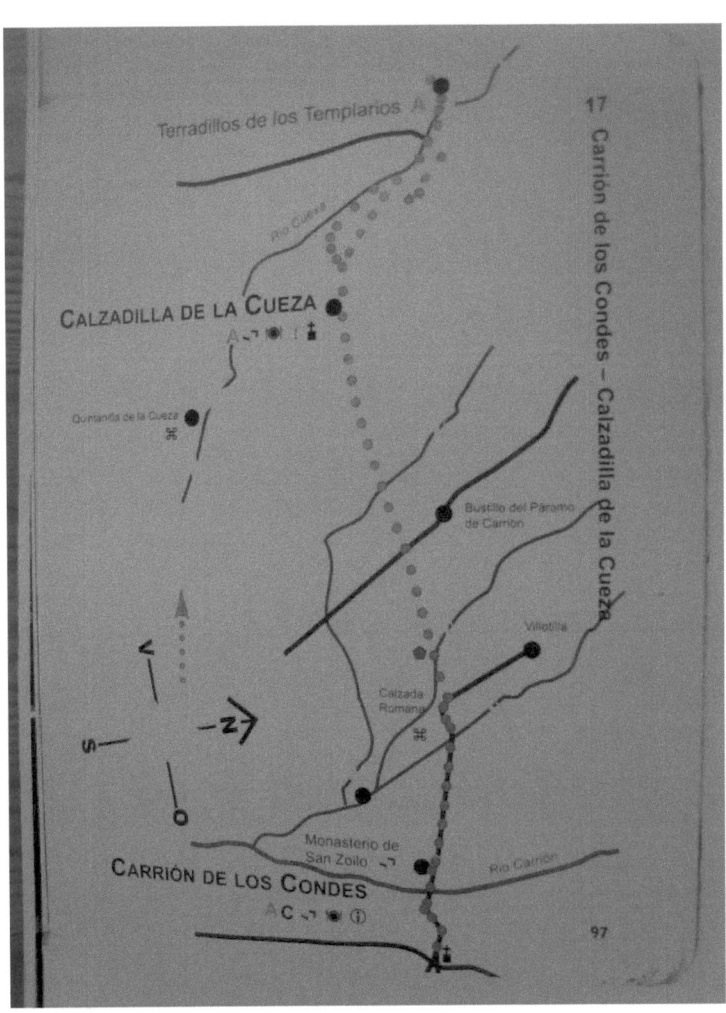

Terradillos de los Templarios

Río Cueza

CALZADILLA DE LA CUEZA

Quintanilla de la Cueza

Bustillo del Páramo de Carrión

Villotilla

Calzada Romana

Monasterio de San Zoilo

CARRIÓN DE LOS CONDES

Río Carrión

97

203

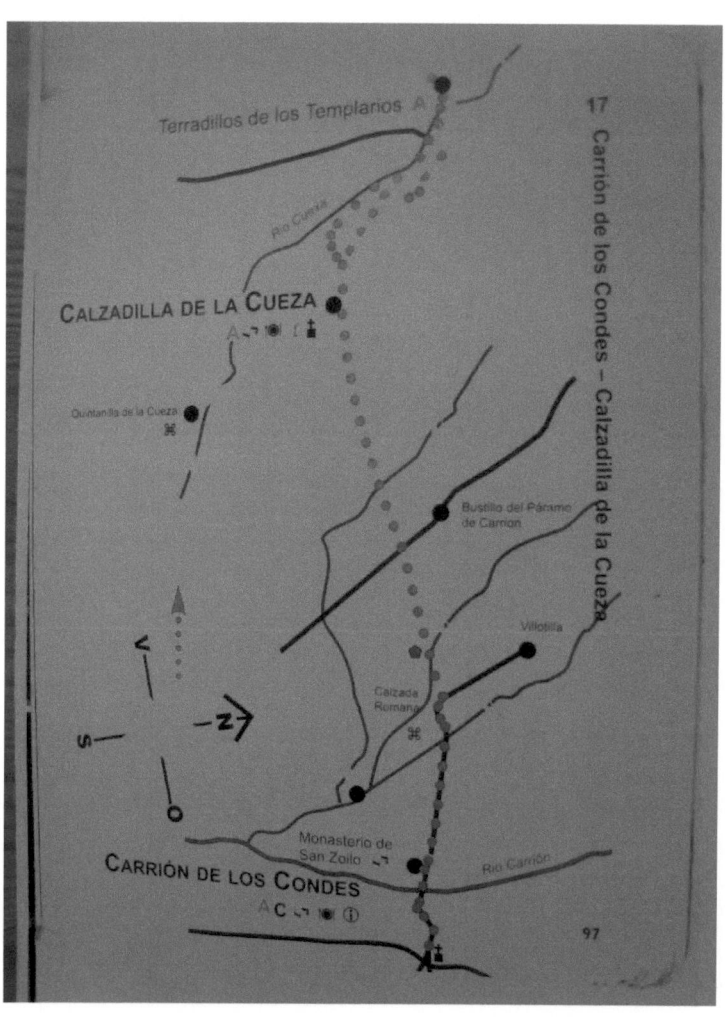

Terradillos de los Templarios A

Rio Cueza

CALZADILLA DE LA CUEZA

Quintanilla de la Cueza

Bustillo del Páramo de Carrión

Villotilla

Calzada Romana

N

Monasterio de San Zoilo

CARRIÓN DE LOS CONDES

Rio Carrión

97

204

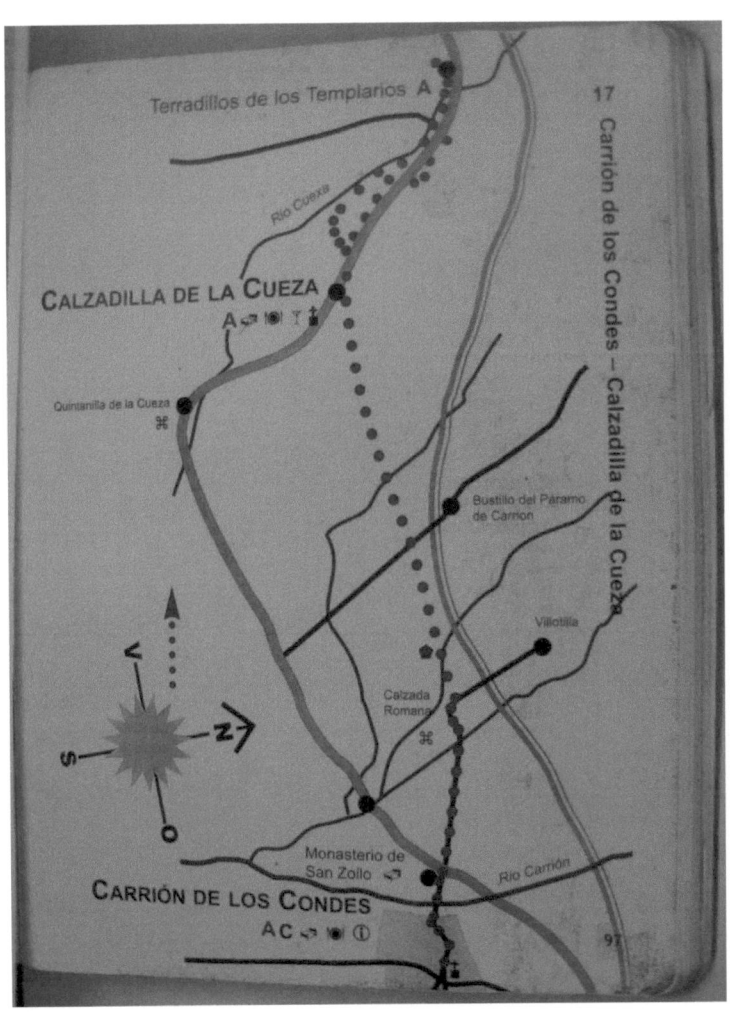

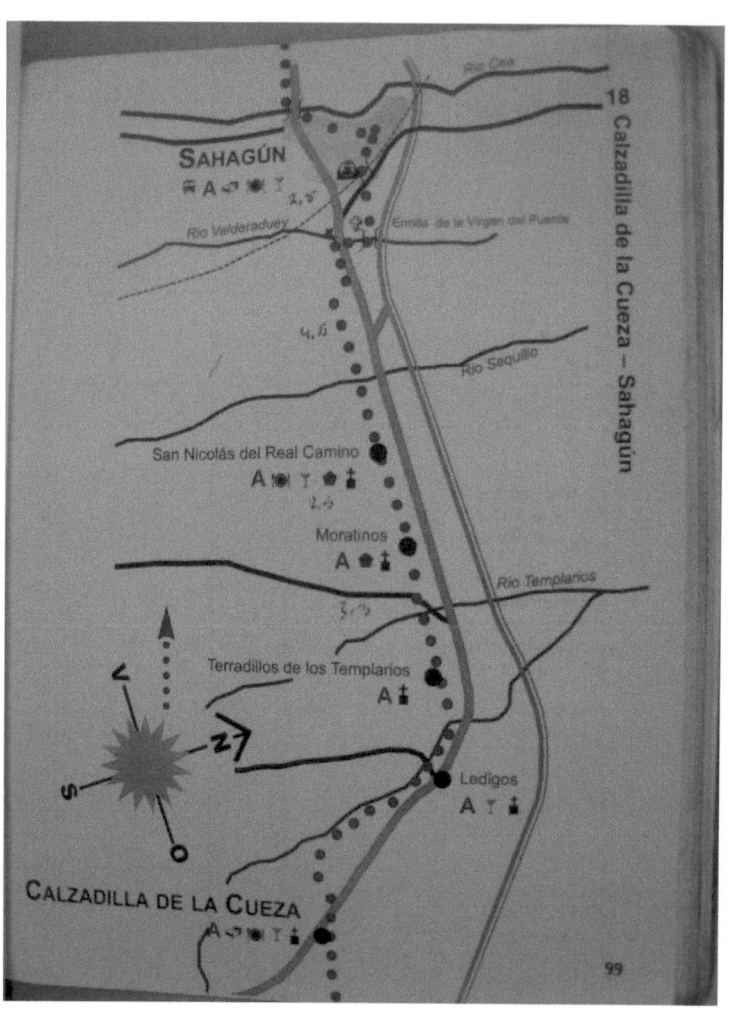

SAHAGÚN

Rio Cea

Rio Valderaduey

Ermita de la Virgen del Puente

Rio Sequillo

San Nicolás del Real Camino

Moratinos

Rio Templarios

Terradillos de los Templarios

Ledigos

CALZADILLA DE LA CUEZA

99

206

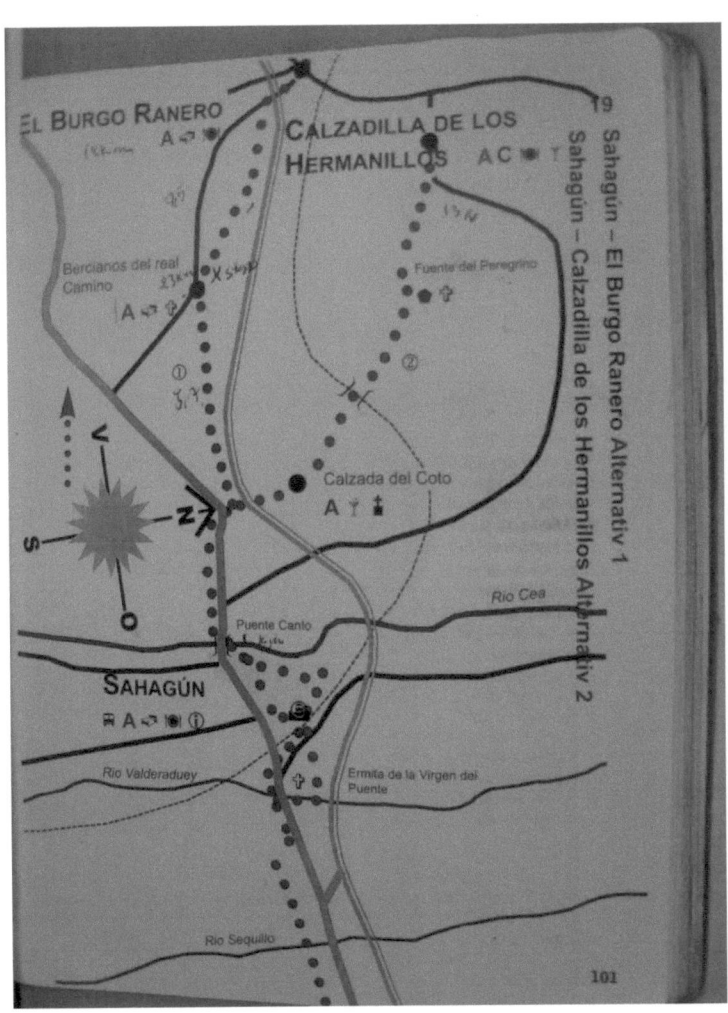

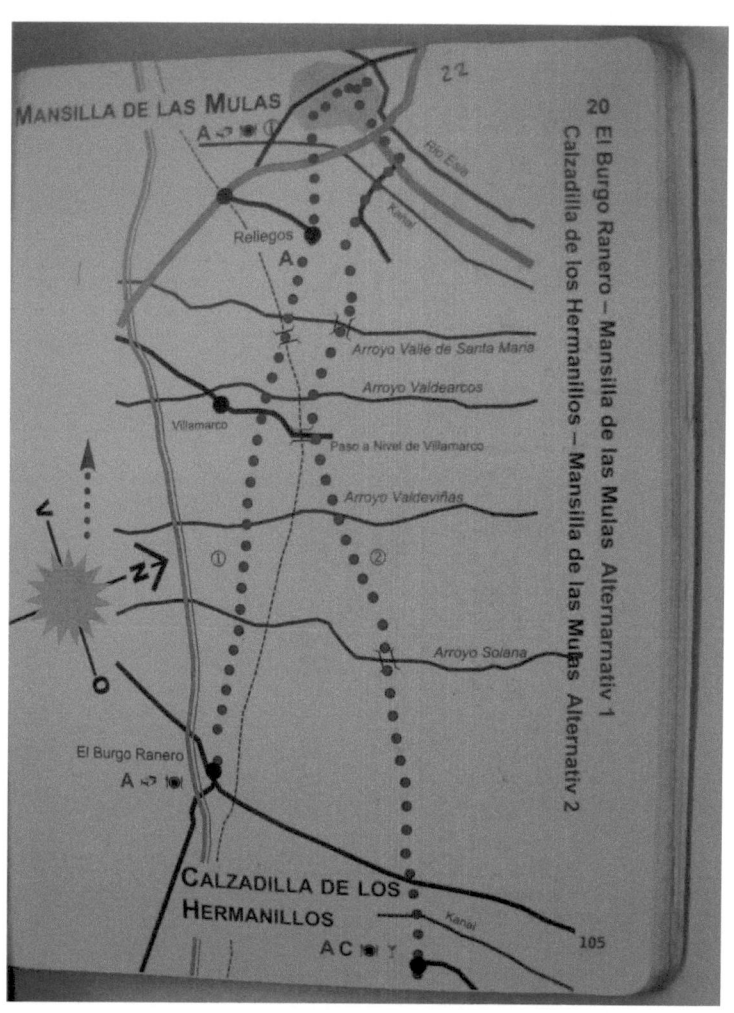

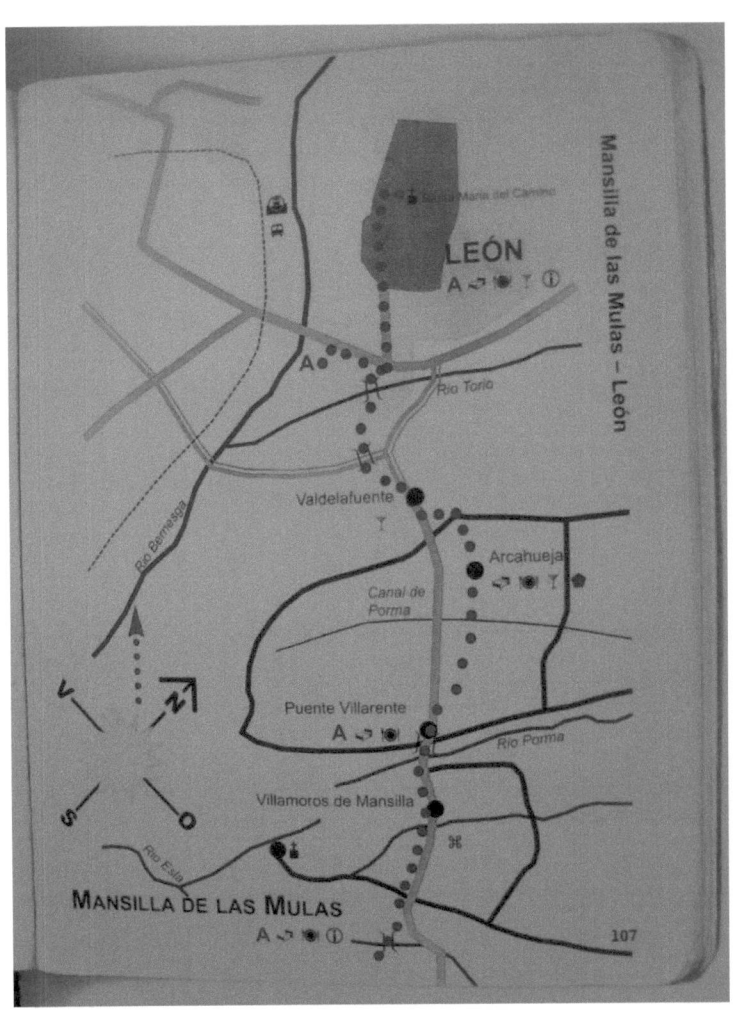

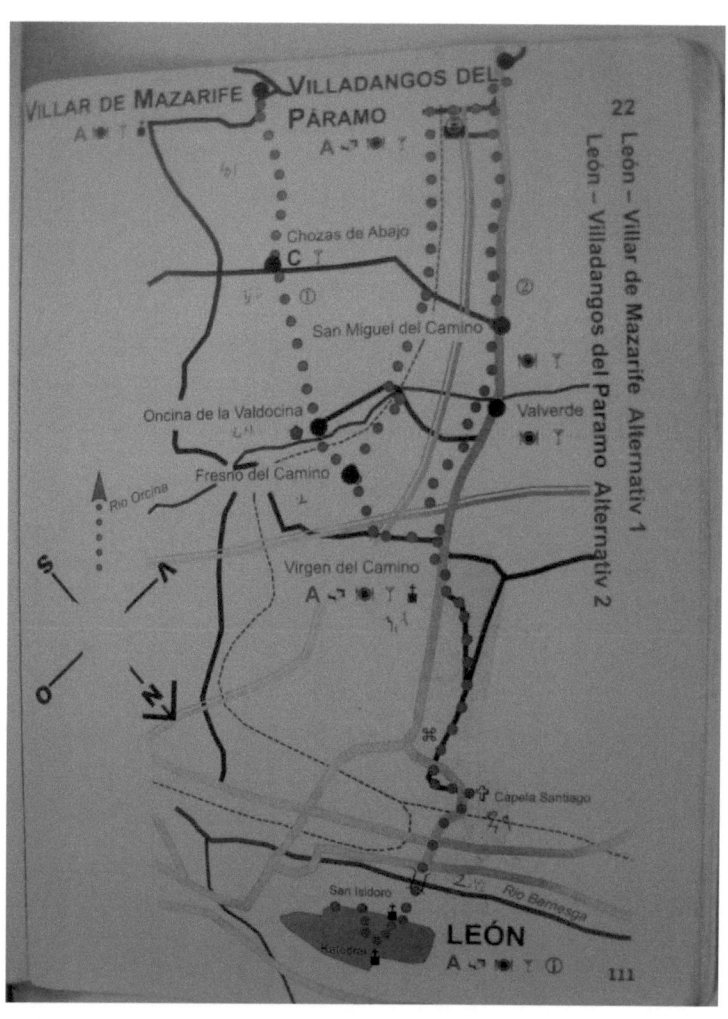

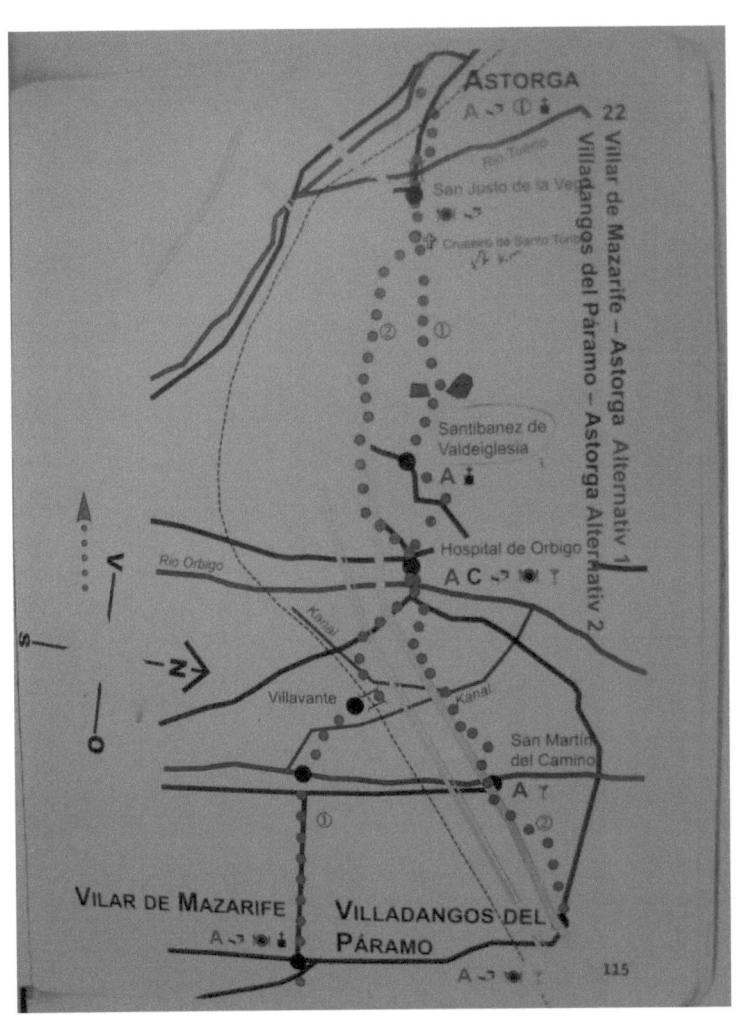

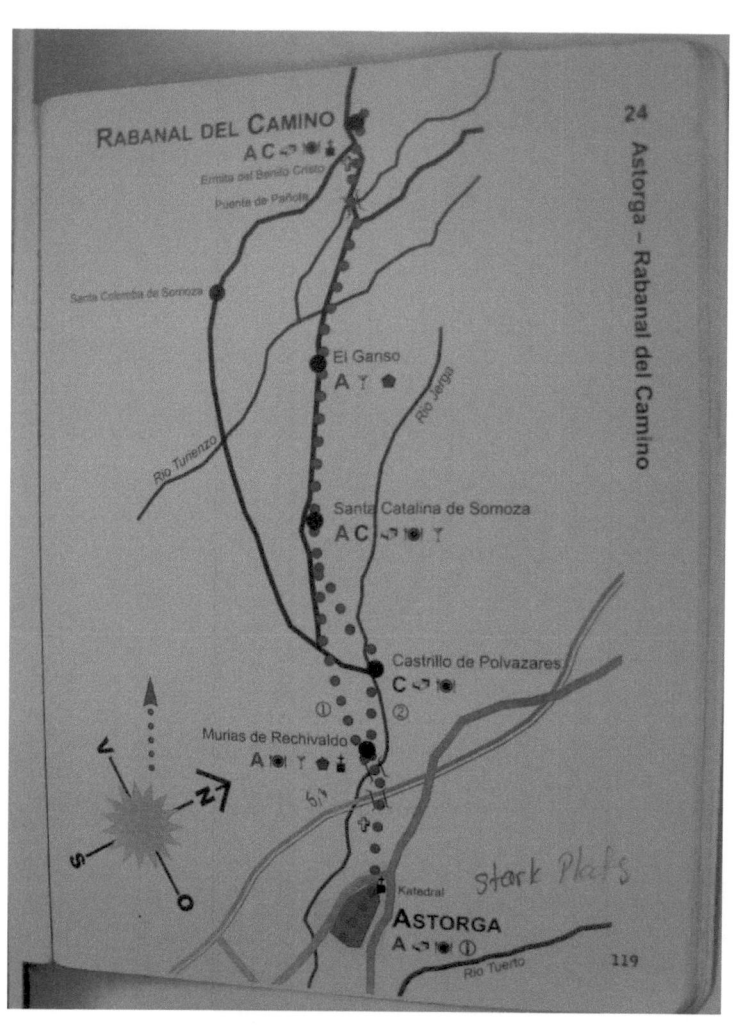

RABANAL DEL CAMINO

Ermita del Benito Cristo

Puente de Pañota

Santa Colomba de Somoza

El Ganso

Río Jerga

Río Turienzo

Santa Catalina de Somoza

Castrillo de Polvazares

Murias de Rechivaldo

stark Pflas

Katedral

ASTORGA

Río Tuerto

119

212

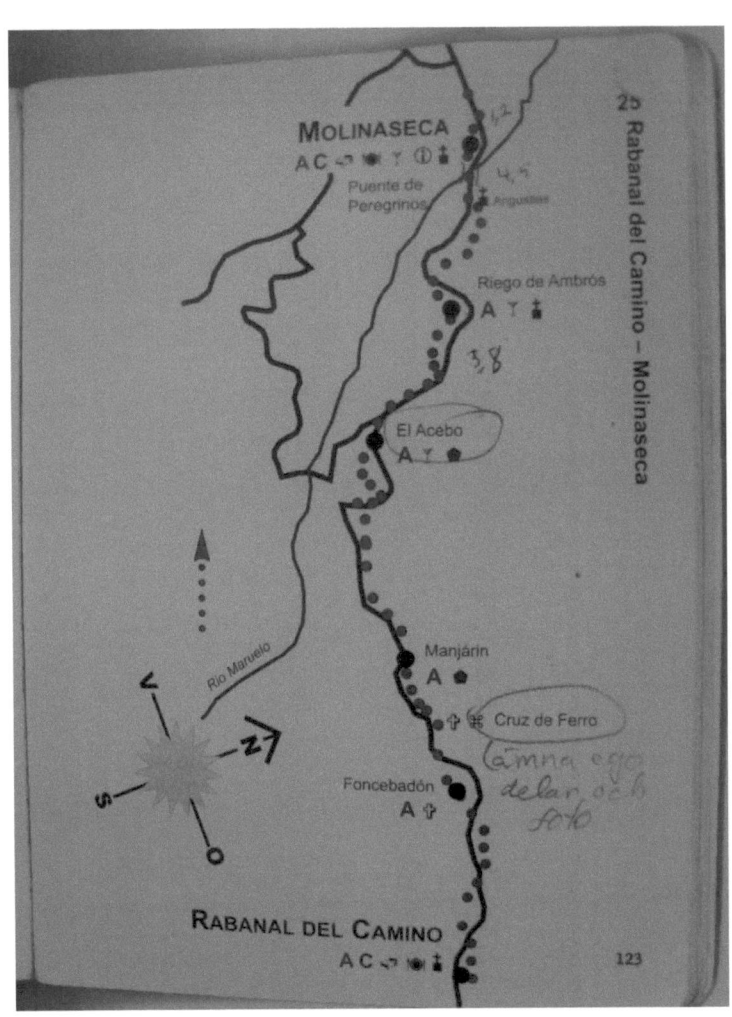

MOLINASECA

A C ⌐ ☀ Υ ① ♦

Puente de
Peregrinos

Angustias

Riego de Ambrós

A Υ ♦

El Acebo

A Υ ♦

Río Maruelo

Manjárin

A ♦

☩ ♯ Cruz de Ferro

Foncebadón

A ☩

RABANAL DEL CAMINO

A C ⌐ ☀ ♦

123

213

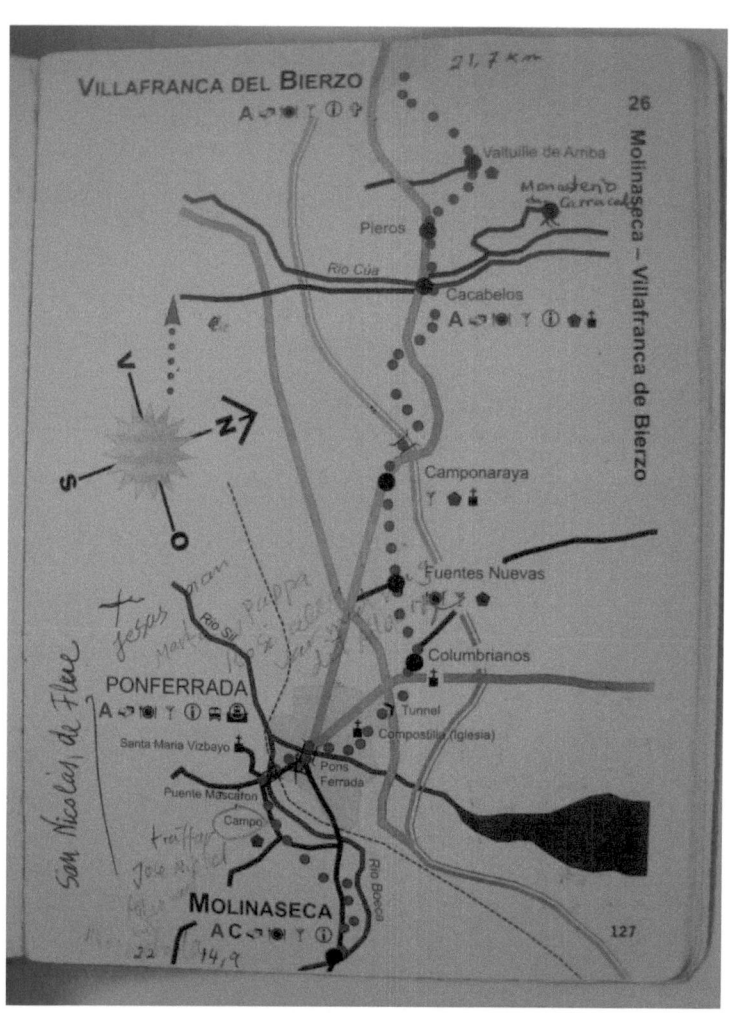

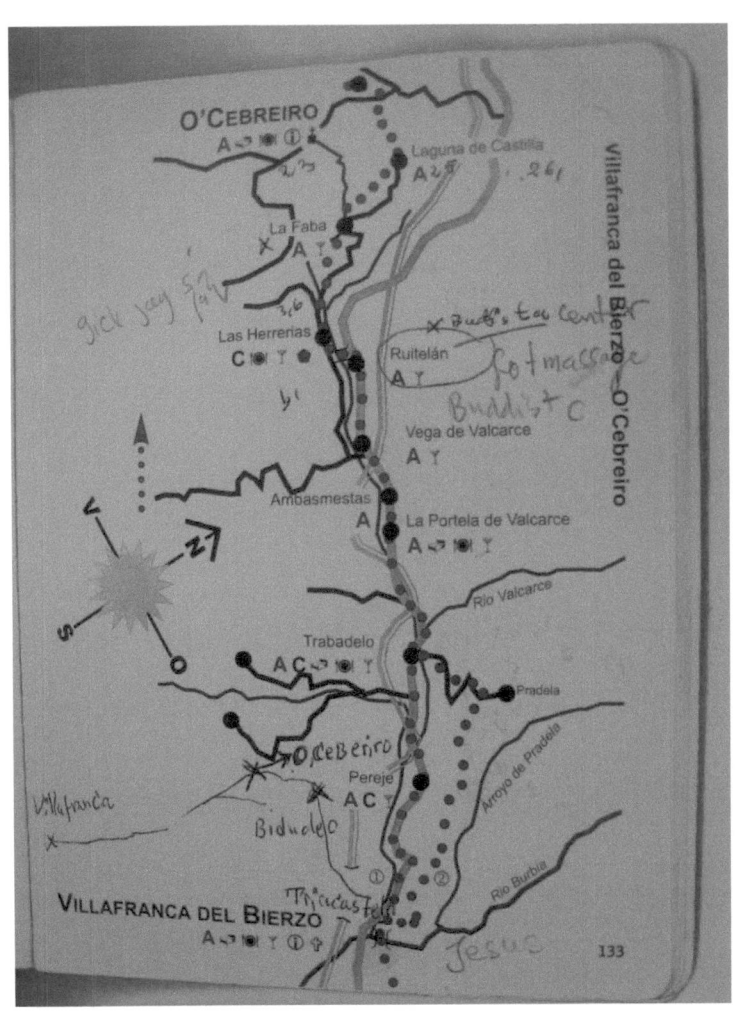

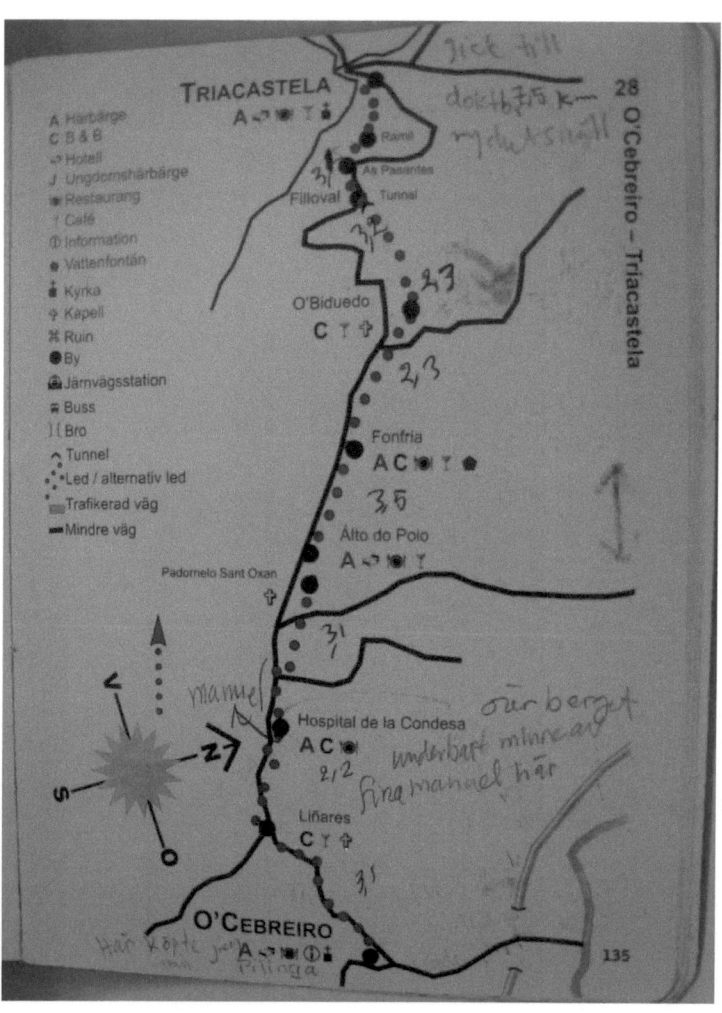

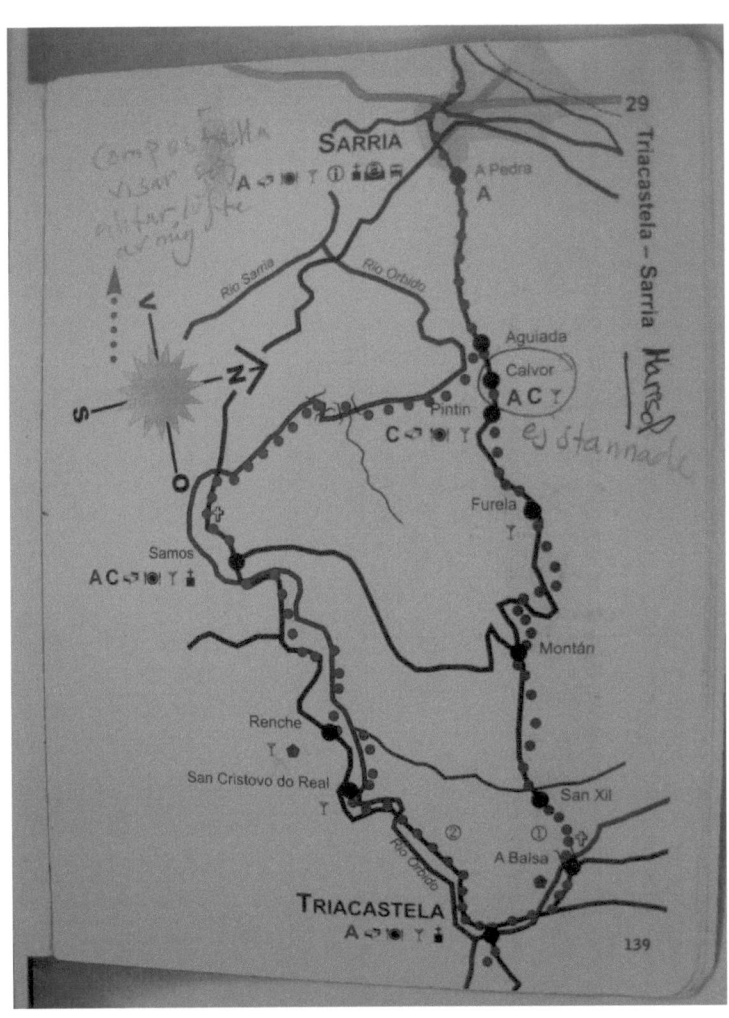

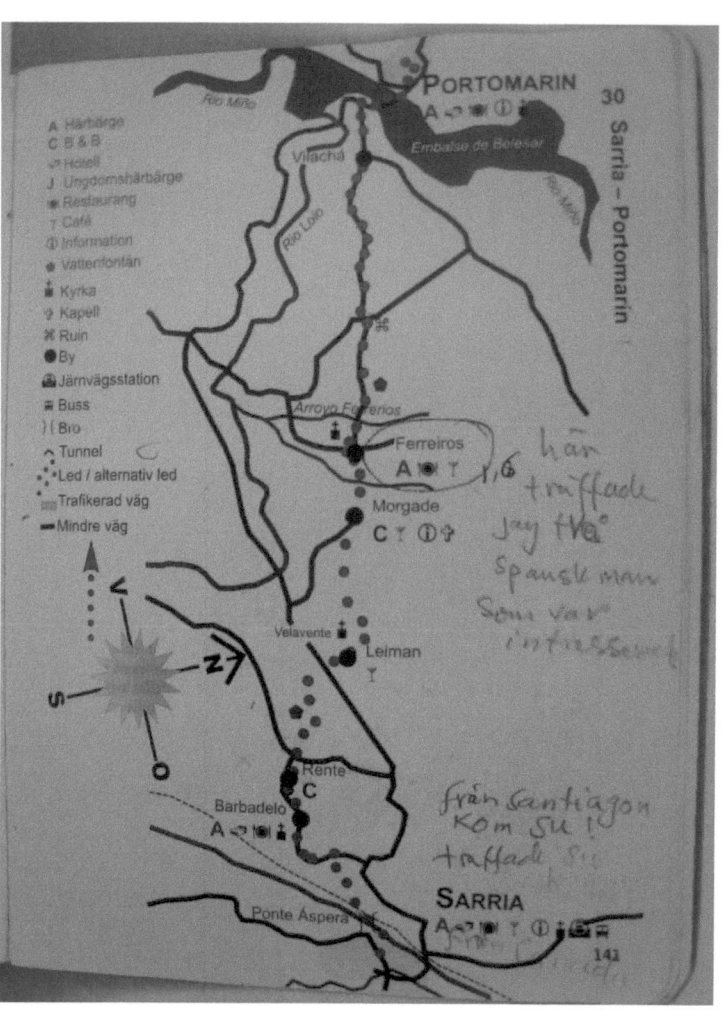

218

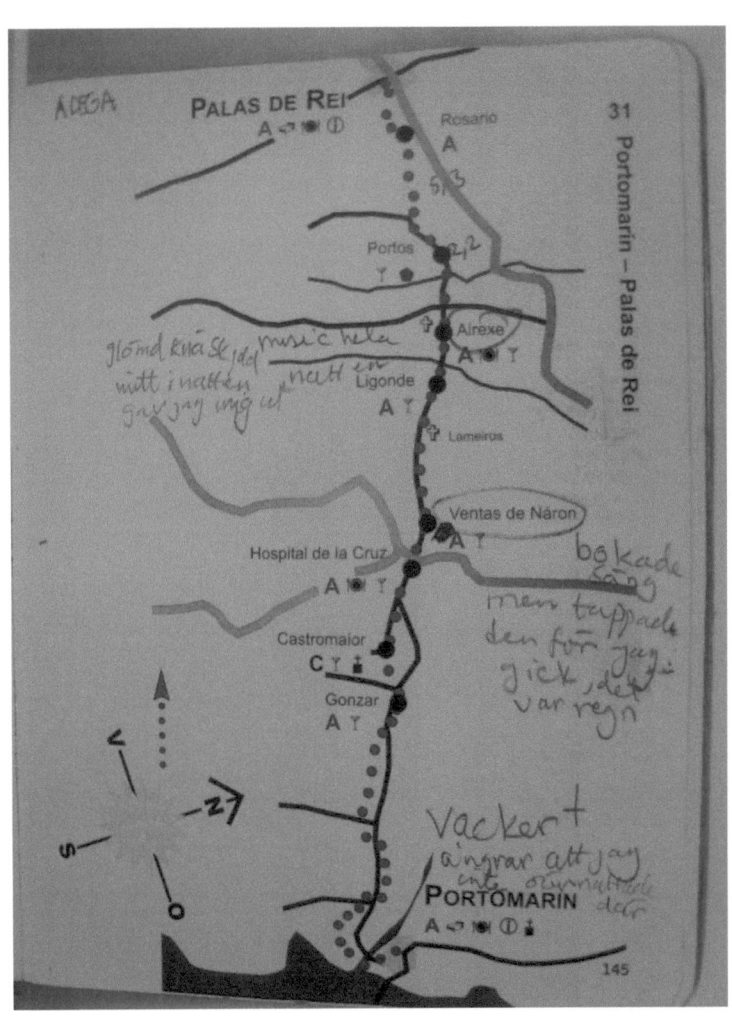

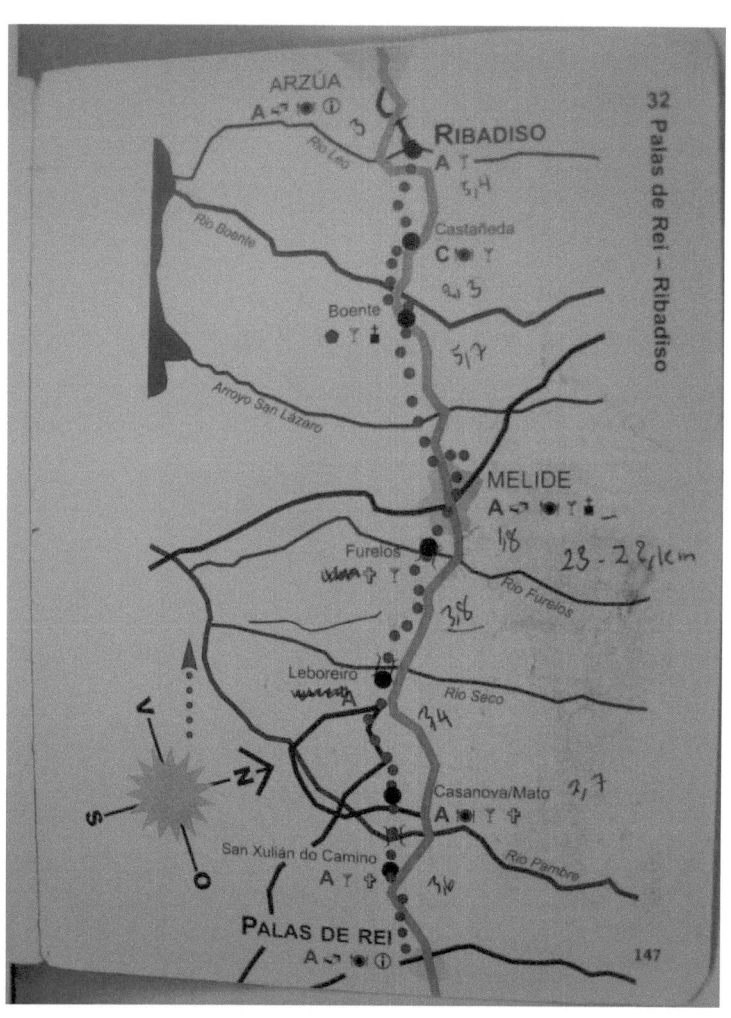

ARZÚA

RIBADISO

Castañeda

Boente

MELIDE

Furelos

Leboreiro

Casanova/Mato

San Xulián do Camino

PALAS DE REI

147

220

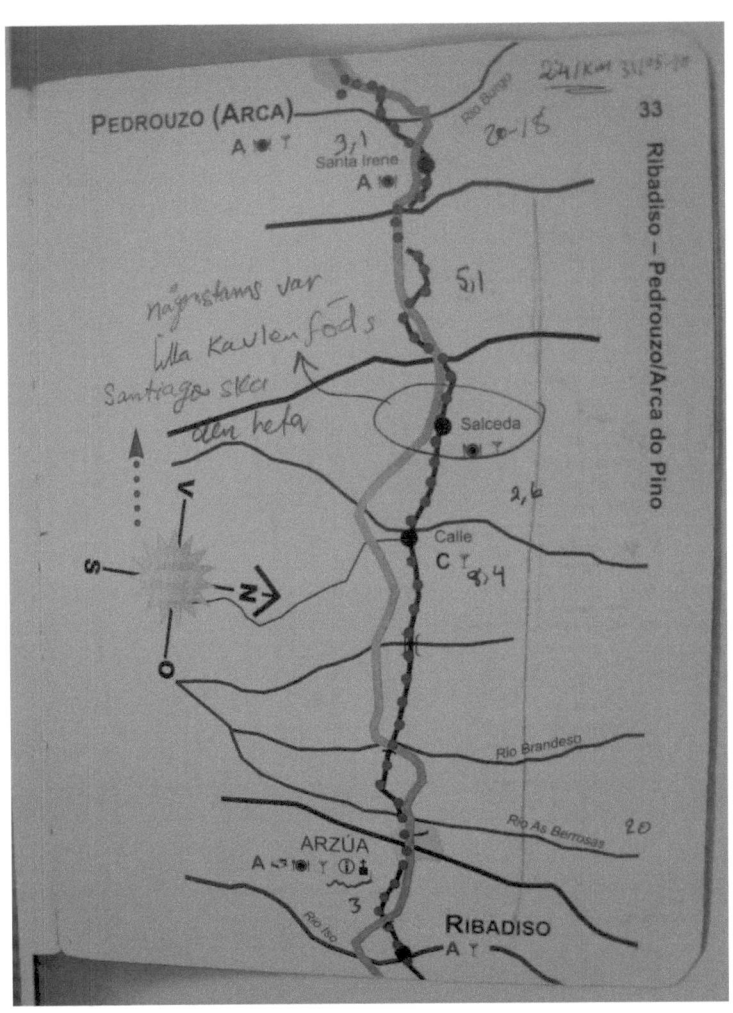

PEDROUZO (ARCA)
A ● ▼ 3,1
Santa Irene
A ●

224/Km 31,05-20

20-18

Rio Burga

5,1

någorstans var
lilla Kavlenföds
Santiago sker
den heta

Salceda
● ▼

2,6

Calle
C ▼
8,4

Rio Brandeso

Rio As Berrosas 2,0

ARZÚA
A ● ▼ ① ⚓

3

Rio Iso

RIBADISO
A ▼

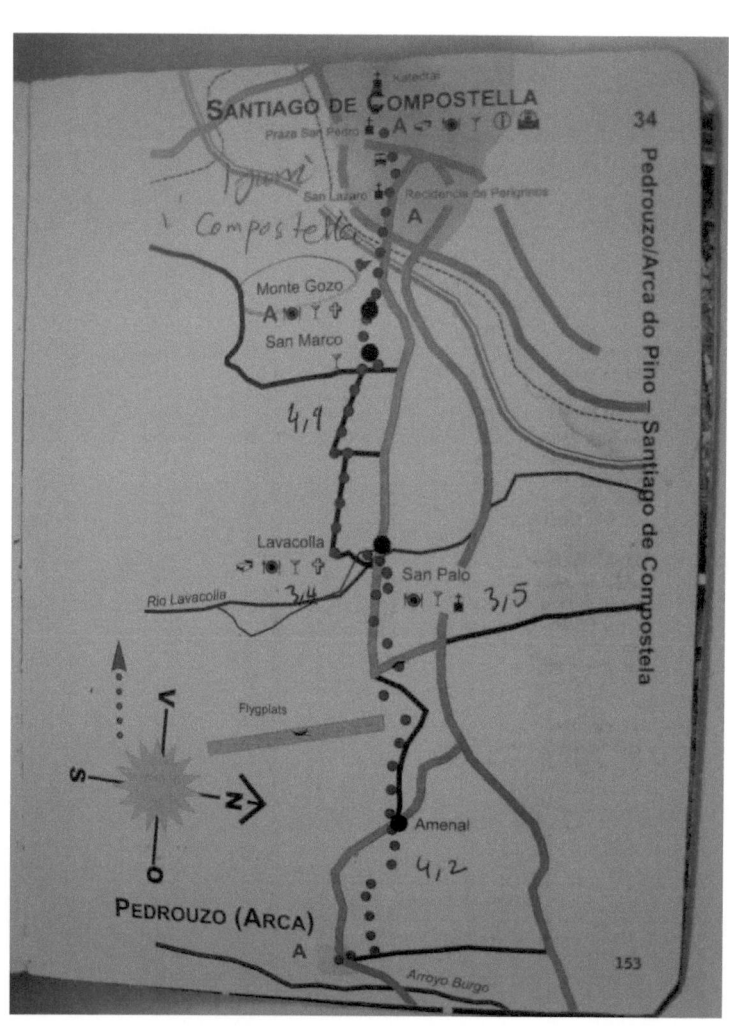

SANTIAGO DE COMPOSTELLA

Praza San Pedro

San Lazaro · Residencia de Peligrinos

Compostella

Monte Gozo

San Marco

4,9

Lavacolla

Rio Lavacolla · 3,4

San Palo · 3,5

Flygplats

Amenal

4,2

PEDROUZO (ARCA)

Arroyo Burgo

153

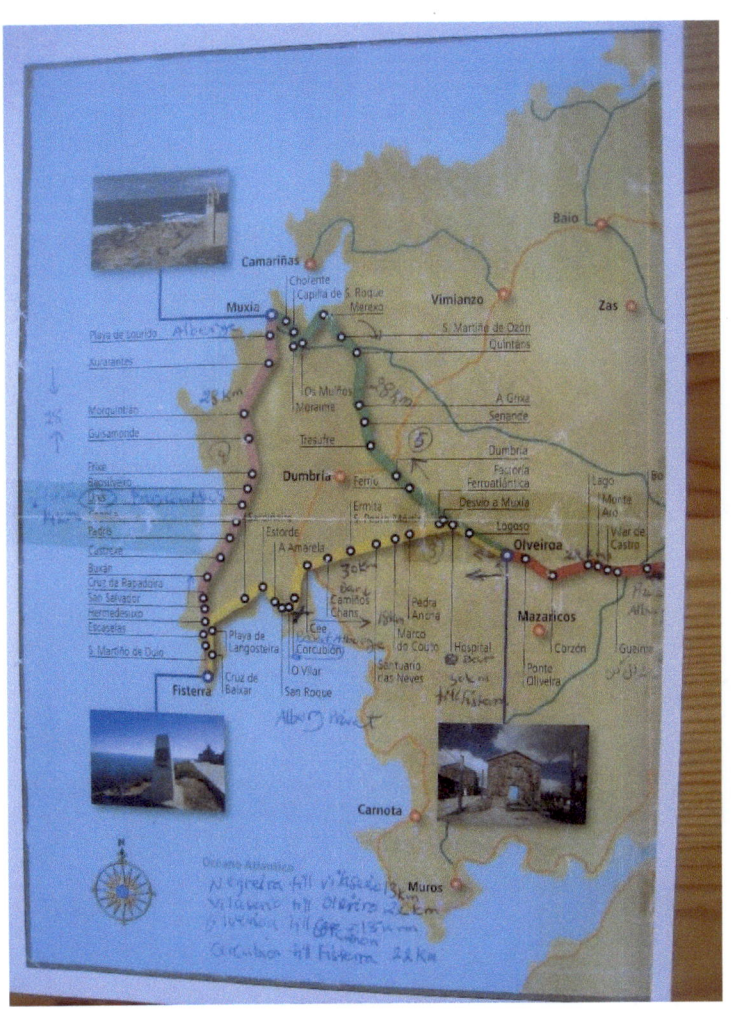

225

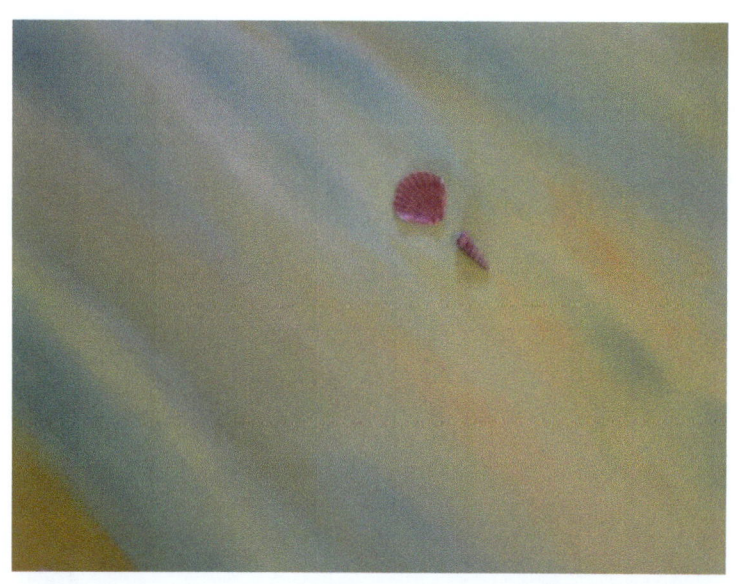

228